決定版　女人源氏物語　一

瀬戸内寂聴

集英社文庫

目次

決定版

女人源氏物語

一

桐壺

＊

きりつぼ

桐壺更衣《きりつぼのこうい》のかたる

恋しい主上《うえ》さま、おいとしい主上さま、お別れしてまだ半日と過ぎておりませんのに、もう幾十日も、いえ幾月もお別れしているような淋《さび》しい心細い気がしてなりません。

主上さまの温かなお胸の上、主上さまの強いお腕の中でしか、もはや生きられなくなっている自分を、しみじみ思い知らされています。程なくわたくしの命の火はかき消えていくことでしょう。隣の部屋で夕方からずっと叡山《えいざん》の霊験あらたかな高僧たちが祈禱《きとう》をつづけてくれています。そのおかげか、家にたどりついた時は、息もとまっていましたのに、蘇生《そせい》して、少しは呼吸も楽になりました。でもこの安らぎは、命の火の消える前のほんの一瞬の華やぎでしょう。

御所を下がる時、あんなにも名残を惜しんでくださり、

「こんなに弱っているのに、どうして手離すことができるものか。どうしても引き留められない命なら、せめてわが胸の中で息を引き取らせてやりたい」

と仰せられて、離すまいと名残を惜しんでくださったのは、その時のお別れが永久《とわ》の別れとなることをお見通しでいらっしゃったからなのでしょう。わたくしだって、どうしてあの時、主上さまをおひとりにして、御所から退出したかったでしょう。叶《かな》うものなら、御所の主上さまの御帳台《みちょうだい》の中で、主上さまのお胸にしっかりと抱きしめられたまま、息を引き取りとうございました。

「こんなに愛している者が死ぬかもしれないという大切の時に、わざわざ手離すなどというむごいことがどうしてできようか。限りある命で、これまでという運命なら、いっそわたしの腕の中ではかなくなっておくれ。いつでもふたりで死出の道にも共に行こうと契りあったではないか。まさか、今になってわたしをひとり残して、里へ帰れるはずもあるまい」

と、お泣きくださいました。

死の穢《けが》れを忌《い》むあまり、たとい皇后・中宮でも、重い病にかかると万一の時の穢れを憚《はばか》って、里方《さとかた》へ退出あそばすのが宮中の規則でございます。

それさえ主上さまは憎まれ、

「誰がそんなくだらない規則を定めたのだ。天子はこの世で叶わぬもののない存在ではないか。そんな馬鹿げた規則など変えてしまえばいい」

　などむずかられ、手のほどこしようもありません。わたくしはそんな主上さまの御悲嘆を目《ま》の当たりにして自分の心身の苦痛も忘れ、ただもう主上さまをお慰めするためには、どんな目にあってもいいと思うのでした。その間にも刻々衰弱していく軀《からだ》は息も絶え絶えになって、思うことすら口に出てはまいりません。

　ああ幾千度、ふたりで誓いあったことでしょう。天に在《あ》りては願わくは比翼《ひよく》の鳥とならん、地に在りては願わくは連理《れんり》の枝とならんと。白楽天《はくらくてん》の「長恨歌《ちょうごんか》」を口移しに覚えさせていただいたことも今は夢です。比翼の鳥とは雌雄それぞれ目がひとつずつ、翼も一つで、二羽を合わせてようやく一体となって空を飛ぶことができる鳥、連理の枝とは幹は二本でのびた枝が互いにひとつにからみあってきた離れない樹《き》とか。この世には在るとは思えないそんな鳥や樹を想像した人も、きっとわたくしたちのように身も心もひとつに溶けあうほど愛しあい、片時も離れていられない恋人どうしだったのだろうと、話しあったものでした。

　夜毎《よごと》の閨《ねや》の中では、わたくしたちは比翼の鳥にも、連理の枝にも軀をひとつにしてなりきったものでした。

　わたくしが先立ってしまえば、どんなにお嘆きになられるだろうと思うと、死んでいく自分よりもお残りになる主上さまのほうがおいたわしくて、お名残惜しいお顔をただうち目守《まも》るばかりでした。

「かぎりとて別るる道の悲しきに
　いかまほしきは命なりけり

ああ、もっと生きとうございます。前からこんなふうになるとわかっておりましたなら……」

と息も絶え絶えに言いさして、もっともっと、せめてそれだけは聞いていただきたい遺言もあったのでしたが、もはや呼吸も辛《つら》く言葉も出なくなってしまいました。言いたかったことはたぶんお察しくださっていると思います。

若宮のことだけでした。

その間も、迎えにまいっていた母はもしものことで御所を穢してはと、気が気でないらしくおろおろしておりました。その上母は、帰りの行列に、わたくしを呪う例のお方たちからどのようなあくどい嫌がらせや凌辱《りようじよく》を受けるかもしれないと案じ、恐れおののいていたようでございます。

若宮をお連れして万一のことがあってはと、御所におあずけして帰ることにしたようです。

主上さまは乳母《めのと》の手から若宮を抱きとられ、もう抱きしめる力もないわたくしの顔の前に、近々とさし寄せてくださり、

「早く帰って来てくださいとお願いしなさい。皇子《みこ》は淋しくって毎日泣いているからとお言い」

とおっしゃるお言葉も、終わりは涙にむせてしまわれるのでした。

まだ何もわきまえないまま幼い若宮は、人一倍敏感なお心に、その場の雰囲気から常とはちがうただならぬものを感じとられたのでしょうか、わたくしのほうに身をゆすってさしのべた両掌《りょうて》を、ふと途中で弱々しくひっこめ、主上さまの首に廻《まわ》され、しっかりと抱きついて、怯《おび》えたようにわたくしのほうをじっと見つめられたのです。

泣かれもせず、ただ清らかな瞳をいっぱいにみはって、ひたすらわたくしを見つめられるその真剣なお顔の可愛《かわい》らしさ。わが身が産み奉ったとも信じられない世にも類《たぐ》い稀《まれ》なその美しさ。照り映える月光をそのまま珠《たま》に凝《こ》らせたような光り輝く御容貌《おんかたち》。

三歳になったばかりで母を失うこの若宮の薄幸があわれで、この世に残るほだしは、主上さまへの尽きせぬ未練と、若宮への愛憐《あいれん》の想《おも》いでございます。その執着が迷いになって、死んでもとうていわたくしは浄土とやらへは行かれないと信じます。いいえ、浄土へなど行きたくありません。煩悩の鬼になろうともいつまでも中有《ちゅうう》に迷いつづけ、主上さまの御身辺に寄りそい、おふたりをいついつまでもお護《まも》りしとうございます。

母は、

「今日始める予定の祈禱の僧たちがすでに邸《やしき》にまいっていて待ちかねております。今夜から始まるのです」

とせかしながら、しきりに退出をうながすのでした。

母の目には主上さまのあまりの未練げな御様子が、天子にもあるまじきことと映ったのかもしれません。

主上さまは母の見幕に押されて、ようやくわたくしを見送るお気持になってくださいました。

輦車《てぐるま》を頂戴し、その中へかかえ入れられたとたん、それまではりつめていた最後の気力も萎《な》えて、ぐったりと気を失ってしまったようです。

母はもう、わたくしが絶え入ったとばかり思いこみ、道々ずっと泣き通していたと申します。

気がついたら、実家《さと》の部屋に寝ておりました。ああ、まだ死ななかったのかと思うと、またお逢《あ》いできる日もあるかと嬉《うれ》しく、一瞬心がときめきました。でもすぐ、意識はもどっても、軀じゅうの力は抜けきって指ひとつ動かせない状態に気がつき、とうてい生き通せない自分を認めなければなりませんでした。束の間《つかま》でも、もう一度この世に戻してくださったみ仏に感謝しなければなりません。絶え間ない読経《どきょう》の声を聞きながら、思いはすべて主上さまの上へ走り寄ってまいります。

どういう前世の御縁によってか、この世でめぐりあい、お側《そば》に上がれ、あのように愛していただいたわが身の幸せを、心の底からありがたくお礼申しあげます。

亡父の大納言《だいなごん》がひとり娘のわたくしにどういう分不相応な望みをかけたものか、必ず後宮《こうきゅう》にお仕えさせるよう遺言して逝《い》ったと申します。

母は古い家柄の出で一通りの教養もあり、しっかり者でしたので、父の遺言を守り、わたくしが後宮に上がって恥をかかぬよう、しっかり教養もつけてくれました。

御縁があって、主上さまのお側に侍《はべ》るようになり、亡父の望みが達せられました時から、母の不安と不幸が始まったのかもしれません。

両親うち揃《そろ》った権力者の姫君で、華々しく後宮に時めいていらっしゃるお妃《きさき》たちの中に立ちまじり、しっかりした後見《うしろみ》もないわたくしの立場が、どれほど惨めな心細いものかは、説明しないでも、母には痛いほどわかっておりました。それでもわたくしに肩身のせまい想いをさせまいと、衣裳《いしょう》や調度などは、後ろ指さされない程度に調えてくれておりました。そのため、どれだけの苦労を母がひとりで引き受けたものか、わたくしには想像もつきません。

更衣という低い身分にかかわらず、数ある女御《にょうご》や妃たちをさしおいて、いつの間にか、どなたよりも主上さまの御寵愛《ごちょうあい》を一身にあつめる光栄に浴しておりました。

前々から御所に上がりそれぞれ自信にみち、われこそはと思っていられた方々からは、思いがけないわたくしの寵幸を、生意気な、身のほど知らぬ女よと卑しみ妬まれるし、それより下のわたくしと同等の更衣たちは、まして心中おさまらないものがあったことでしょう。

事ごとにわたくしを嫉妬と憎しみの対象にされ呪われるのも仕方のないことでした。いただいた局《つぼね》の桐壺《きりつぼ》は、後宮の北東の端に近く、主上さまのいらっしゃる清涼殿《せいりょうでん》からは最も遠い場所に当たります。

主上さまのお召しがあり、清涼殿の夜《よる》の御殿《おとど》にまでまいるには、長い長い廊下を渡り、その廊下には、それぞれの妃たちの局が並び、そこを通過しなければならないのです。

簾《すだれ》の中に光る刺すような怨嗟《えんさ》の眼差《まなざ》しを全身に浴びながら、主上さまのお側まで通うのは、これが地獄の針の山というものかと、身も心もすくむような思いでございました。

どの女御や妃たちにしても、それぞれ親や一族の切ないほどの願望を一身にかけられ入内《じゅだい》したわけなのですから、一日も早く、誰よりも熱く主上さまのお情けを受けて、皇子を産むことだけが絶大な願望なのですもの。そこへ突然あらわれたわたくしのような身分も低く後見もない頼りない女が、場ちがいのように迷いこみたちまち主上さまの御寵愛をひとり占めにしてしまったのですから、口惜《くや》しいのは当然でしょう。

それまで両親からいたわられ愛され、およそおっとりのんびり育ってきたわたくしにとって、人の怨《うら》みを買うような毎日は想像の外のことでした。

聞こえよがしに、耳をふさぎたいような下品な嘲罵《ちょうば》をなげつけられたり、着ている衣裳の品定めをされたりするだけで、心が弱り食事も咽喉《のど》を通らなくなりました。自然、病がちになり、ともすれば里下りが多くなってまいりました。

主上さまはそんな頼りなげなわたくしをいっそうお心にかけてくださり、かえってとめどもないほどの不憫《ふびん》をそそいでくださるようになりました。何も苦しみのひとかけらさえ申しあげたことはございませんのに、

「さぞ、辛いことが多いのだろうね。そなたはつつましくやさしい性質で何ひとつ心の傷《いた》みを打ち明けてくれないから、察するより外ないのだけれど、昔から後宮は女の嫉妬の渦巻くところ、女の醜い闘いの戦場だと聞いている。

天子というものは、多くの後宮の女たちに、平等に愛を分かち与えて、それぞれに不平不満を抱かせぬようつとめるのが名君だとされている。しかし天子といえども人間だ。好き嫌いの感情を殺して、誰も彼も平等にはとうてい愛せるものではない。こちらが望んだわけでもないのに、親たちの野望のため、入内させられてくる姫たちも多い。そういう姫たちこそ可哀《かわい》そうだと思うけれど、同情と愛とはちがう。わたしは性質が一途《いちず》なのか、誰も彼も同時に愛することが苦痛なのだ。もっと年をとれば変わるかもしれないけれど、頭で努力しようとしても感情がついていかない。

そなたに逢うまで弘徽殿女御《こきでんのにようご》をはじめ多くの妃たちが入内してきた。とりわけ弘徽殿女御は右大臣の姫だから、父親の権勢を後ろ楯《だて》にして、他の妃たちの上に君臨している。皇子も産んだし、もうなんの心配もないと思っていたところへそなたが現れた。他の妃たちと比べものにならないくらい気持を傷つけられているにちがいない。人一倍気位の高い女だし、性格のきついしっかりした女だから。かといって、そなたに逢って、はじめて女とはこういうやさしいあたたかい、やわらかいものかと思い知らされたわたしにとって、そなたに溺れこんでいく自分の気持の制御ができない。

天子として、一人の女にこういう溺れ方をするのは世の乱れの因《もと》にもなりかねないと恐れてもいる。そうわかっていてそなたをいとしく思う気持は日増しにつのる一方なのだ。こういう惑溺のしかたは異常で不吉だといい、玄宗《げんそう》皇帝と楊貴《ようき》妃《ひ》の例などあげ、忠告してくる大臣もいる。

もし天子としてそなたひとりを愛することが不都合なら、早々と譲位してもいいとさえ考えている。心からひとりの女を愛する喜びを知った以上、他の一切のこと、権力とか富とかは色褪《いろあ》せてしまった。これからもさぞ辛いことも多かろうが、わたしを信じて頼りにして、耐えてついてきてほしい」

一天万乗《いってんばんじょう》の天子さまから、こんな熱情のこもった愛をそそがれて、幸福と思わない女がいるでしょうか。一夫多妻は世の定めで、女たちは殿方の心次第、いつ捨てられるかわからない、はかない立場です。自分以外に愛する女人があらわれた時、それを防ぐすべは何ひとつ持っていないのです。そんな世の中で、自分ひとりが一人の殿方にこれほど純粋に愛されているということは、すぐ死んでも悔いない幸せでした。生きていてよかったと心の底から思いました。

そうはいっても、やはり主上さまの御寵愛一筋にすがっているわたくしが、他のお妃たちには憎くてならないのでしょう。

あまりお召しが度重なる時は、かけ橋や廊下のあちらこちらの通り道に、目もあてられない糞尿《ふんにょう》や汚物を撒《ま》きちらし、送り迎えの女房たちの着物の裾が汚れてとても清涼殿へは上がれないような情けない目にあわされたりもしたものです。またの時には中央の廊下の前後の戸に外から錠を下ろして閉じ込め、進むことも退《ひ》くこともできない目にあわされたりもいたしました。あまりといえば露骨な嫌がらせが度重なるにつれ、まさかそんな実情を主上さまには申しあげられなくて、身の細る想いがつのるうち、病がちになっていったのでございます。うち沈むわたくしの苦悩が主上さまのお目にどう映ったのか、主上さまはわたくしが苦しめば苦しむほど、わたくしをいとしがってくださいました。

そのうちどうお考えになられたのか、わたくしの清涼殿に参上した時の控室を、清涼殿の隣の後涼殿《こうろうでん》にしてくださいましたね。お心づかいはとても嬉しかったのですけれど、それまでそこを局にしていた更衣は、一方的に局を追い出され、わたくしが入ったものですから、その恨みはたいへんなもので、その更衣に同情して、後宮の人々がみんなで口々にわたくしの僭越《せんえつ》をののしりました。

「中宮や女御ならまあ、がまんもしなければならないかもしれないけれど、なにさ、たかが同じ更衣の分際で、主上さまの鼻毛ばかり数えて閨の中で何もかも取り引きしてしまうのだから。いくらなんでも主上さまも主上さまじゃありませんか。追い出された更衣の身にもなってごらんなさい。それが公平を第一にする天子のなさることですか」

そんな聞こえよがしの悪口を耳にしますと、わたくしのことはともかく、主上さまの御名誉まで傷つけることがあっては申しわけないと思い悩み、わたくしさえいなければと、病にかこつけ里がちになってしまった時もありました。そんな時、主上さまからは矢のような御催促で、一刻も早く内裏《うち》へ帰れとの御命令です。

父はなぜわたくしのような気の弱い頼りない人間を、入内させようなどという分不相応な夢を抱いたのでしょうか。母はただ父の遺言を守るのがわたくしたちの義務だとばかり申します。

太政大臣《だいじょうだいじん》や左右大臣の姫君ならいざしらず、大納言くらいの娘では入内しても、権勢のまばゆい御後見をひかえた姫君たちに気圧《けお》され、影の薄い存在になるのが当然の成行きです。母もわたくしを入内させたばかりに、しなくていい苦労を背負いこみ、わたくしに恥ずかしくない支度をさせようと、ずいぶんと無理を重ねておりました。

「いっそ御所からお暇《いとま》をいただきたい」

と泣いて訴えるわたくしと一緒に泣いてくれながらも、いつも母の出す結論は、

「今引き下がっては、あなたを苛《いじ》める人たちの思う壺《つぼ》にはまるようなもの。ここまで忍びがたい我慢を重ねてきたのだから、もっと辛抱して、亡きおとうさまの御遺志を全《まっと》うさせておくれ」

ということに落ち着きます。

主上さまの身に余るありがたい愛情が、深ければ深いほど、わたくしの苦悩が深まるというのは、どうした因果なのでしょう。世の中で誰よりも幸福にしてやりたいとのお言葉がかたじけなく、そのくせ、一向に心の平安が得られないのも、どういう宿命なのでしょう。

そんなわたくしに限りなく深い主上さまの愛の証《あかし》のように御子《みこ》を妊《みごも》るという栄光が授けられたのも、前世からの約束事だったのでしょうか。悪阻《つわり》の苦しみの間も里下りをお許しいただけなかったのは、里へ帰ったら最後、もう御所へはもどらないのではないかという不安を主上さまが抱かれたからでございましょう。霊験あらたかな評判高い聖僧たちにもったいないほど加持《かじ》祈禱をお願いしてくださり、わたくしの身の安全と、無事出産の願かけをあそばしてくださいました。

妊婦は早々に里へ下り、お産は里でするのが宮中の習わしでございます。でも主上さまはいつまで経《た》ってもわたくしの里下りをお許しになってはくださらないのでした。次第に大きくなるおなかにお耳を押しあてられ、

「ほら、吾子《あこ》があくびをした。今、片手でおなかを突いたぞ」

などと笑わせておしまいになるのです。まだおなかの赤ん坊は形も定かでないはずの時ですもの、わたくしだって涙の出るほど笑ってしまいました。笑うとい

えば主上さまとふたりきりの時には、わたくしはなんと度々声をあげて笑ったことでしょう。はじめはわたくしが思わず笑うと、

「あ、笑った。泣き虫が今笑った」

などはやされて、いっそうわたくしの笑いを高めてくださいましたね。主上さまはわたくしの萎えた心を引きたてて、明るく力強いものにしてやろうと、ずいぶんお気を使ってくださったものでした。そしてまた、「長恨歌」や「李《り》夫人」を口移しに教えてくださり、暗誦《あんしょう》できるようになるまで根気よく導いていただいたものでした。

ついつい愛の疲れで寝すごし、目覚めた時もうすでに日が高く上りあたりが明るくなっていたりした日、わたくしが恥ずかしさのあまり消え入りそうに悶《もだ》えますと、

「芙蓉《ふよう》の帳《とばり》暖かにして　春宵《しゅんしょう》度《す》ぐ
春宵短きを苦き《なげ》　日高くして起く
此《こ》れ従《よ》り　君王早朝《あさまつりごと》したまわず
歓《たの》しみを承《むか》え　宴に侍りて閑暇無く
春は春の遊びに従い　夜は夜を専《もっぱ》らにす」

と「長恨歌」の一節を口ずさまれ、わたくしの気分を楽にしてくださろうとな

さいます。そんな朝はまた、そのままお側に引き留められてしまい、無理やりにお放しくださらないことも度重なりました。女御・更衣は夜のおつとめがすめば、早朝に退出して自分の局に帰るのが習わしなのですから、わたくしのそんな居つづけはいっそう他の妃たちの気持を刺激して、わたくしがますます軽んじられるはめになりました。

時には弘徽殿女御に、厳しく主上さまがおいさめを受けることもございました。

「また、怖い人に叱られたよ。どうもあの人にだけは頭が上がらない。何しろ、誰よりも早く入内している上、一の宮をはじめ子たちも産んでくれているからね。聡明《そうめい》な人だが、女はしっかりしすぎているのも可愛げのないものだ。それに右大臣という強い後見がついているので、自信があって居丈高だ。およそそなたとは正反対の女だね」

など述懐されるのも、やはり、弘徽殿女御には一目おかれていらっしゃるからなのでしょう。わたくしが上がるまでは、このお方が最も御寵愛を一身にあつめていらっしゃっただけに、わたくしの出現を憎くお思いになられるのも無理はありません。わたくしの妊娠を誰よりも憎まれ怪《け》しからぬことにお思いになったのもこの女御さまでした。

母などは、こうした時には呪詛《じゅそ》され、密《ひそ》かに胎内の子を祈り殺されることも、宮中には多いのだと、あれこれ歴史の中の例を探し出し、怯えているのでした。呪詛されないためにも、里下りして、姿を女御のお目にさらさなければお気持もなだめることができるのではないかと、しきりに里下りを願い出るのですが、こればかりは一向にお許しがありません。

とうとう臨月に入ってから、もうこれ以上はあまりにも見苦しいからと、わたくしも泣いてお願いした結果、ようやく里下りを許していただいたのでした。難産でしたが、さいわいにも生まれたのは、光り輝くばかりのたぐい稀な美しい皇子でした。

早く早くの御催促にせかされ、若宮をお連れした時の主上さまの手放しのお喜びようは、今もまざまざと目の前に浮かびます。

弘徽殿女御のお腹《はら》の一の皇子は、疑いもなく東宮《とうぐう》にお立ちのお方と、世間では並一通りでなく大切にお扱いしていますけれど、主上さまは一の皇子もわたくしの若宮に比べては月と星だなどこっそりお洩《も》らしになり、もちろん一の皇子は非難されない程度にはおいつくしみになられますけれど、わたくしの若宮には盲目的な愛をあたり憚らずふりそそいでくださいました。

どんなにかありがたく、頼もしく思われたことでしょう。若宮誕生後は、それとなくわたくしに対するお扱いにも配慮がうかがわれ、他に対しても重々しく見えるよう、何かにつけて箔《はく》をつけてくださいますので、もしかしたら、この若宮を東宮にお立てになるおつもりで、生母のわたくしへの態度をお改めになられたのではないかなどと思われ、誰よりも弘徽殿女御がそのことを御案じになったようでした。これまでにもましてわたくしには陰に陽に陰険な迫害がつのってまいりました。

その気苦労はやはり弱い軀に支えきれぬほどでしたけれど、若宮をお産みしてからはこの若宮のためにも身も心もしっかり保たなければと、生きる意欲も以前よりは強く出てまいったようでございます。

若宮は日に月に可愛らしさはいや増し、誰もが、

「若宮をお見上げすると命が延びる気がいたします」

と涙を浮かべて言うのも、あながちお世辞ばかりとも思えないのでした。

「こんなたぐい稀な御子が濁世《じょくせ》にあらわれるとは、奇跡としか思われません。恐ろしいほどありがたいことでございます」

という人々もおりました。

笑えば可愛らしく、歯が見えればましていとしく、這《は》い這《は》いしても、よちよち歩きしても、その度に主上さまも乳母も女房たちも大騒ぎしてはやしたて喜ぶさまに、わたくしはあまりに甘やかされて育って、この皇子は人並に自立できるだ

ろうかと心配にさえなってまいりました。

三歳の時の御袴着《おんはかまぎ》には、一の皇子の時にもおとらないほど盛大にしていただきました。

内蔵寮《くらづかさ》や宝物殿の宝物を惜しげもなく用いて華々しくしてくださいましたので、またもやそこまでしないでもという妬みや非難で身も細る想いもいたしました。

それでも若宮の御容貌《おんかたち》や御性質の輝きの前には、敵と思っている人々まで、思わず和んだ笑みを浮かべてしまうという有様なのは、よくよくこの若宮が前世から徳を授かってこられたのだろうとしか考えられませんでした。

父大納言が生きてこの若宮にお逢いできれば、どんなにか至福の想いに感極まったことかと、母とひそかに語りあったものでございます。

「これほどの幸せを一身に受けたら、かえって凶々《まがまが》しいことが起こるような気がして不安でなりません。なんだか、若宮を見る度、わたくしが死ねばどうなさるだろうと、不吉な想いが心をかげらせるのです。満ちた月が必ず欠けるように、人の世の幸せも望月《もちづき》のようになれば、欠けていくしかないのではないでしょうか」

など母に語り、不吉なことを口にするなと叱られたことがあったのも、この頃のことでございます。

女御にしたいと主上さまが意中をお洩らしくださったけれど、そうまでしていただいては、ほんとうに冥加《みょうが》に余って恐ろしいと申しあげお断りした話をいたしますと、母も、そのほうがよかった、これ以上、女御さまたちのお心を刺激することは控えたほうがいいと言ってくれました。

ふとした病が次第に重くなっていった時も、はじめは、これくらいの不幸せがあってはじめて自分の生は人並になれると、むしろほっとしたくらいでございました。母だけは悪い夢見で、たいそう心配して、早く里居《さとい》をとお願いしても、

「またいつもの例で、そのうち治ってしまう病だろう。内裏《うち》で養生させ様子を見よう」

と仰せになり、一向にお許しがないのでした。

お産の時と同じで臨月に入ってお許しが出たように、今度は臨終にならなければお許しが出ないのかと、わたくしは半ばあきらめておりました。そう思う心の底は、この病のこれまでにない重さが自覚されていて、どうせ助からない命なら、この世にいる一時《ひととき》でも多く主上さまや若宮と御一緒に過ごさせていただきたいと願ったのです。

でも、もうその望みも果たされました。

里にたどり着いて蘇生してみて、あの何もわからない眠りと同じものが死なら、

死とはなんと安らかなものだろうと思いました。

　こうして意識がはっきりもどり、心の中でだけでも主上さまにお別れを申しあげられるのも、み仏がそれだけの猶予をお恵みくださったものと思います。「長恨歌」にあるように、あの世で金殿玉楼の中に美衣をまとってのどかな昼寝などしていたくはありません。あの世にまいりましても、魂魄《こんぱく》はこの世に留《とど》まり、主上さまと若宮のお側にまつわりついて末長くお見守りいたしとうございます。

　この世にあっては、連理の枝のまたとない愛を分かちあった幸せをお恵みいただきましたことを、心の底よりお礼申しあげます。

　刻々にこの世を去らねばならない時が迫ってまいります。隣室の御修法《みずほう》の読経の声が、打ちよせては遠ざかる大海原の波のように聞こえてまいります。海など見たこともありませんのに、絵巻物で見た海が心に残っているのでしょうか。海は夕映えに照りはえ、きらきらと七彩に輝いております。その大海原の西のほう、茜《あかね》の雲が羅《うすもの》のようにたなびいている彼方《かなた》に、極楽浄土があるのでしょうか。

　ほら、天上から妙《たえ》なる音楽が湧き、次第にこちらへ近づいてまいります。いいえ、少しも苦しいことはございません。ただ、まだ残っている主上さまと若宮と母への愛憐《あいれん》とみれんが切なく、心がしぼりあげられるだけでございます。

　かぐや姫の昇天のように、何もかもこの世を忘れる薬などいただきたくはございませんか。海の彼方であろうと、天界であろうと、これから往《ゆ》く世界でも、恋しい人々の想い出をしっかりと抱きしめ、何ひとつ忘れることなく過ごしとうございます。

恋しい、なつかしい主上さま、比翼の鳥は片羽鳥になり淋しく飛んでまいります。

どうかわたくしをお忘れくださいませんように。まちがっても方士《ほうし》などによってわたくしの魂魄を呼びよせたりはなさらないでくださいませ。李夫人の魂魄のように、口もきけず触れもできない降魂では、かえって悲しゅうございます。み心の中に、そのおからだの中に、わたくしの魂は宿りつづけておりますことをお信じくださいませ。

生きているうち、どうしても口にできなかったお願いを最後にひとつだけ残します。

若宮を、なにとぞ、東宮にお立てくださいますように。わたくしの願いというより亡き父の命にかえた切ない願望でございました。この想いが伝わるか否かは、み仏のみ心におまかせいたします。

それでは、いよいよお別れでございます。さようなら主上さま、みすこやかに。

光君

ひかるのきみ

靫負《ゆげいの》命婦《みょうぶ》のかたる

最愛の桐壺更衣《きりつぼのこうい》さまがみまかられて以来、帝《みかど》のお嘆きは日と共に深まる一方で、傍目《はため》にもおいたわしいほど明け暮れお涙の絶え間もない御有様でいらっしゃいました。

お妃《きさき》さまたちのどなたも、夜のお伽《とぎ》に全くお呼びにはならず、ひたすら亡きお方のことばかりしのばれていらっしゃいます。

「亡くなった後まで人の心を苛立《いらだ》たせる御寵愛《ごちょうあい》ぶりだこと」

など、弘徽殿女御《こきでんのにょうご》さまなどは、相変わらず憎々しくおっしゃっているとか。

帝は弘徽殿女御さまのお産みになった一の宮を御覧あそばすにつけても、亡き更衣さまのお里に引き取られたままの若宮のことを恋しく思い出されるらしく、わたくしどももお気を許された女房たちや、帝の乳母《めのと》などを、更衣さまのお里に遣わしては、御様子をお訊《き》きになっていらっしゃいました。

野分《のわき》のすぎた肌寒い美しい夕月夜のことでございました。わたくしにそのお使いの役が廻《まわ》ってきました。

「こんな月の美しい夜はよく更衣といっしょに管絃《かんげん》の遊びを愉《たの》しんだものだった。更衣は琴が得意で、いいようもなくいい音色に弾いたものだ」

など思い出話にふけるうち、矢も楯《たて》もたまらず若宮の御様子が知りたいとお思いになるのです。

わたくしが更衣さまのお里に着き、車を門の中に入れるなり、荒れはてた淋《さび》しい庭の感じがせまってまいります。更衣さま御存命の頃は、頼りないやもめ暮しの中から、更衣さまおひとりをお守りするために、つとめて体面をつくろい、お邸《やしき》やお庭の手入れもおこたらず美しく整えられていましたのに、今ではお嘆きのあまり心の闇に迷い、沈みこんでいらっしゃるせいか、庭は茫々《ぼうぼう》と丈高く草の生い茂るにまかせ、それが野分に荒々しく吹き倒されています。いかにも荒寥《こうりょう》とした庭に月光だけがしんしんと八重葎《やえむぐら》にさしこんでいます。

すっかりおやつれになってひとまわりも小さく見える更衣さまの母君は、涙にむせんですぐにはお話もできないのでした。

「更衣に先立たれ、今までおめおめ生き長らえているこの身が情けのうございます。このようにみじめに打ち萎《しお》れておりますところへ、貴い勅使が、度々草深い庭の露を分けてお訪ねくださいますにつけ、お恥ずかしくて身のおきどころもございません」

と、身も世もなく涙にむせばれるのがお気の毒でなりません。

「先にこちらへお伺いした典侍《ないしのすけ》が『お訪ねしてみるととてもお気の毒で、胸がはりさけそうに思われました』と、帝に御報告していらっしゃいましたが、たしかにお訪ねしてみますとあまりにもお気の毒でお慰めのことばもありません……帝のお言葉をお伝え申しあげます。

『更衣の亡くなった後、しばらくの間は、夢ではないかと茫然自失《ぼうぜんじしつ》していたが、ようよう心も落ち着いてくるにつれ、かえって耐えがたい悲しみにおそわれているばかりです。胸のうちを打ち明けて相談する相手もなく、ひたすら悲嘆にくれていますか。内緒でこっそり宮中へ来られませんか。若宮のことも気がかりです。涙がちにお暮らしになるのもお気の毒なので、とにかく早々と宮中へいらっしゃい』

とおっしゃるお言葉も、涙にむせかえってつづかず、それでも人目をはばかって、つとめて平静をよそおわれる御様子がおいたわしくて、終わりまではしっかり承らぬ状態のまま、こちらへ伺ってしまいました」

といいながら、帝のお手紙をお渡しいたしました。

お手紙を押しいただき拝見しようとしても涙があふれ、母君はいっそう泣き沈まれます。

「幼い人はどうしているかと気がかりでならない、共に養育しないのが不安だから、若宮を亡き人の形見と思って宮中へお連れせよ、とおっしゃいます。こんなにおやさしくみ心にかけていただくのが恐れ多くて……長生きが、こんなにも辛《つら》いものだと思い知らされるにつけ、宮中にお出入りするのは恥ずかしく御遠慮申しあげております。わたくしにはとても今更、晴れがましい宮中へ参内《さんだい》などはできそうもありません。若宮はどこまで事情がお分かりなのか、宮中に早くまいろうと、幼いお心にそのことしか考えていらっしゃらない御様子なのです。それもごもっともなことと思うにつけ、いっそう悲しさが身にそい、なすすべも知りません。そんな心境におりますと、どうか主上《うえ》さまにお伝えくださいませ。逆縁で娘に先立たれたような縁起の悪い身の上でございますので、若宮をここにいつまでもお引き留めしておくのも憚《はばか》り多く畏《おそ》れ多いことでございます」

とおっしゃいます。

若宮はもう寝《やす》んでいらっしゃいました。

「一目若宮にお目にかかって帝にその御様子をくわしくお伝え申しあげたいので

すが、帝がどんなにお待ちかねかと思われます上、夜も更けましょうから……」

とお暇《いとま》を急ぎますと、母君は、

「子ゆえの悲しみにくれまどう心の闇の耐えがたい、その片端だけでも晴らすほどにお話し申しあげとうございますので、今後はお役目でなく個人的にのんびりとお出かけくださいませ。

数年来、若宮誕生や袴着《はかまぎ》の式などの晴れがましい折々にいつもお立ち寄りくださいましたのに、今度はこんな悲しいお使いでお目にかかるのは、かえすがえす無情な命でございます。

亡き更衣は、生まれた時から、亡夫の大納言《だいなごん》が望みをかけていた子でした。亡夫が臨終の際まで、

『ただこの姫にかけた宮仕えの願望をかならず遂げるように。わたしが亡くなったからといって、情けなく志をくじけさせてしまってはくれるな』

と、くれぐれもいましめて逝《い》きましたので、しっかりした後見《うしろみ》もない宮仕えはかえって大変だとわかっていながら、ただ亡夫の遺言を守ることだけで、御奉公に出しましたところ、身に余るまでの主上さまの御鍾愛《ごしょうあい》にあずかり、何かにつけてもったいないのに、身分が低いため、他の女御や妃たちから人並でない扱いをされ、その恥を隠しながら、つらい宮仕えをなさっていたようでしたが、人の

嫉《ねた》みはますますつのる一方で、耐えがたいことがだんだん多くなっていくところへ、普通とも思えない死に方をしてしまいました。主上さまのかたじけないはずの御寵愛が、かえって仇《あだ》になって恨めしいとさえ思われたのでございます。これも理性を失った親心の乱れでございましょう」

と言い終わりもしないうちに涙にむせかえられました。そうするうちに、夜も更けてしまいました。

「帝も同じお嘆きでございましょう。

『自分の心からとはいえ、強引にまわりの人々があきれるほど更衣を寵愛したのも、所詮長く続くはずのない仲だったからなのだろうか。今はかえって辛い更衣との縁だった。天子の立場としてほんのわずかでも、人の心を傷つけるようなことはしてはいけないと常々思っているのに、ただあの更衣のことで、多くの妃たちの恨みを負ってしまったあげくの果てに、こうして更衣に先立たれて、心の静めようもないので、前にもまして悲しみに溺れて人目にも恥ずかしい愚か者になってしまったのも、いったいどんな前世の縁なのだろうか』

と、かえすがえす仰せになり、常にお涙がちに過ごされていらっしゃいます。もっともっとお話ししていたいのですが、すっかり夜も更けてしまいました。帝が待ちくたびれていらっしゃいましょう。今宵《こよい》じゅうに御所へ帰り、あなたさまのお返事を申しあげなくてはなりませんから……」

と、暇を告げ、急いで帰りました。

月の入る西の空が清らかに澄みわたり、風はたいそう涼しくなり、草むらの虫の声が、人にも泣けというように鳴きしきっているのにも、心惹《ひ》かれて立ち去りがたくなるのでした。

鈴虫の声のかぎりを尽くしても
長き夜あかずふる涙かな

と、車にも乗れません。

いとどしく虫の音《ね》しげき浅茅生《あさぢふ》に
露おきそふる雲の上人《うへびと》

と返され、母君は亡きお方のお形見として、御衣裳一揃《いしょうひとそろ》いに櫛《くし》や釵《かんざし》などをそろえてくださいました。

若宮を早く宮中にお連れするよう申しあげましたが、

「不吉な祖母のわたくしがついていては、世間の聞こえも悪いでしょうし、かといって若宮おひとり手放すのも気がかりで、決心がつきかねます」

とおっしゃるのでした。

宮中では帝がわたくしの帰りをお待ちになり、まだお寝みにもならずいらっしやったのがおいたわしいことでした。お気に入りの女房ばかり四、五人を侍《はべ》らせてお話ししていらっしゃいました。このごろ明け暮れに御覧になっていらっしゃる「長恨歌《ちょうごんか》」の絵を描かれた屛風絵《びょうぶえ》を眺めては、それにそえられた詩の中でも、愛別離苦の詩ばかりを口ぐせに読んでいらっしゃいます。

帝はわたくしにこまごまとお里の御様子をお問いになられました。お返事をお読みになりながら、こらえきれずに落涙あそばすのもおいたわしいことでございます。

「故大納言の遺言を守りぬいて、更衣を宮仕えさせてくれたお礼に、更衣を幸福にして喜んでもらおうとつねづね思っていたのに、あんな死に方をさせてしまって詮ないことだ。それでも、いずれ若宮が成長した暁には、嬉《うれ》しいことも見るだろうから長生きしてほしいものだ」

など、つぶやかれるのでございました。

いただいた釵をお目にとめられ、これが「長恨歌」のように、幽界の亡き人の住処《すみか》を訪ねた方士《ほうし》が楊貴妃《ようきひ》に逢《あ》った証拠の釵と同じように、あの世の更衣から渡された釵だったらなど仰せになるのも、甲斐《かい》ないことでございます。

「たづねゆくまぼろしもがなつてにても
　魂《たま》のありかをそこと知るべく

更衣の魂をさがしにいってくれる方士がほしいものだ、人づてにでも、更衣の魂のありかがわかるなら」

とお嘆きになられます。

絵に描いた楊貴妃の姿は、どんな名人の絵師が描いたところで、所詮絵ですから、生気はありません。太液《たいえき》の芙蓉《ふよう》、未央《びおう》の柳《やなぎ》と歌われた楊貴妃の美しさはどんなに美しかったかしれないけれど、更衣の愛らしさ美しさは、花の色にも鳥の音《ね》にもたとえようがなく、やさしく可憐《かれん》だったとしのばれるのでございました。

こんなに帝が悲しみに暮れていらっしゃるのに、弘徽殿女御さまのお局《つぼね》のほうからは、賑《にぎ》やかな管絃の音があてつけがましく聞こえてまいります。帝は長らく夜《よる》の御殿《おとど》にもお上がりにならぬことを恨んでいらっしゃるのでしょう。帝はその音を耳にされ、思いやりのない冷たいお心だと苦々しくお思いのようなのも無理からぬことでございます。わたくしどもでさえ、つつしみのない嫌味なことをなさると思うのですもの。大体、弘徽殿女御さまはお気が強くかどのあるお方で、更衣の亡くなられたことなど、わざと無視した態度を示されるのでした。

「雲のうへもなみだにくるる秋の月
　いかですむらん浅茅生《あさぢふ》のやど」

と母君の上を思いやられて、灯火《ともしび》をかかげつくして、更衣をしのび今宵も夜を徹して悲しみに沈みこんでいらっしゃるのでした。人の見る目もはばかられ、無理にも夜の御殿にひとりお入りになっても、とてもお寝みにはなれないようでございます。

玄宗《げんそう》皇帝が楊貴妃をしのんで眠られなかったのと全く同じでございます。明けるのも知らず嘆かれ、起きられてもとうてい朝政《あさまつりごと》をなさるお気力もなく、お食事さえおとりになりません。ちょっと箸をおつけになるだけで、一向に召し上がらないのです。お仕えするわたくしたちはほんとに困ったことだと嘆きあうのでした。

なんという前世の因縁がおありなのか、御生前には、たくさんの人の非難や恨みも憚られず、更衣さまのことについては道理も見失われ、亡くなってからは、このように世の中のことも帝というお立場も捨てきったようになられたのは、ほんとに困ったことでございます。まるで玄宗と楊貴妃の例とそっくりではないか、これでは国が滅びてしまうと、ひそひそと嘆きあう声ばかりでした。

そんな悲しみの間にも月日は流れ去りました。

母君もついにあきらめたのか、とうとう更衣さまの忘れ形見の若宮が参内なさいました。まあ、そのお美しくお可愛《かわい》らしいことといったら、とても人間界の人とは思えないほど稀有《けう》な御成長ぶりでございます。あまりの美しさに、何か不吉なことでも起こらねばなど、ふと不安を誘われるほどでございました。

その翌年の春、皇太子をお決めになる時も、帝はこの若宮を東宮《とうぐう》にお立てになりたいと内々お考えだったように拝されましたが、弘徽殿女御さまのお腹《はら》の第一皇子をさしおいて、世間が承知しそうにないとお考えになったのでしょうか。そのお心を色にも出さず、結局、第一皇子を皇太子とお決めになりました。しっかりした御後見もない若宮の立太子を、世間が承知しそうにないことになれば、
あれほど溺愛していられたのに、これぱかりはお心のままにならなかったのだと、世間ではお噂《うわさ》し、弘徽殿女御さまもようやく御安心なさったようでございます。

更衣さまの母君は心ひそかに若宮の立太子を期待していらっしゃったのでしょうか。更衣さまの死の悲しみの上に、慰めようもないほど、気落ちされて、つねづね一日も早く更衣さまのお側《そば》へ旅立ちたいと口癖に言っていられたしるしがあったのか、ついに亡くなってしまわれました。

若宮は六歳になっていらっしゃいました。母君の死の時はまだ三歳で、よくわからなかったのがおいたわしかったのでしたが、今度は祖母君との死別の悲しみも理解され、恋い泣き悲しまれるのが、ひとしおお可哀《かわい》そうでなりません。

亡くなられたお方はまた、御自分ひとりでお育て申しあげたような若宮を後に

のこして旅立たれるのが、どんなにか心残りでいられたことでしょう。

帝もまた母君の死をいたまれ、たいそうお嘆きになられました。

若宮はもうこの後はずっと内裏《うち》ばかりにお過ごしになられたのでございます。

翌《あく》る年七歳になられましたので、読書《ふみ》始めの儀式がありましたが、比べものもないほど人にすぐれて御聡明《ごそうめい》でいらっしゃいます。帝はお喜びになりながら、気味悪いほどの御聡明ぶりに空恐ろしいとさえお感じになるとお洩《も》らしなさるほどでございます。

「今となっては、もうこの子をどなたも憎むことはできないでしょう。母のない子という不憫《ふびん》さに免じて可愛がってやってください」

などおっしゃって、弘徽殿にさえお連れになっていらっしゃるのでした。

そこでは御簾《みす》の中まで連れてお入りになられるとか。

恐ろしい武士や仇敵《きゅうてき》でさえ、この若宮を見れば思わずほほえまずにはいられないほどお美しく可愛らしいので、あの意地悪な弘徽殿女御さまでさえ、お遠ざけになることはできないそうです。弘徽殿女御さまには女御《おんなみ》子《こ》がおふたりいらっしゃいましたが、若宮の美しさとは比べものにならないそうでございます。

他のお妃さまたちも、若宮には扇で顔をかくしたりなさらずお可愛がりになられますとか。

若宮はこんな幼少でいらっしゃるのにお美しく気高くいらっしゃるので、なんとなく気がひけて不用意にはお相手できないようなお方だと思っていらっしゃるようです。

師について学ばれる漢学はもとより、琴や笛のお稽古の音色も、宮廷の人々をおどろかせるほどお上手でいらっしゃいます。

若宮の人並すぐれた点をこうして数えあげていきますと、おおげさで、つくり話のように聞こえるので嫌になってしまいそうです。

その頃のことでございました。

高麗《こま》から来朝したお使いの中に、人相を見るのが名人だという人がいて評判になっていました。宮中に人相見を召し入れることは、宇多《うだ》天皇の御遺誡《ごいかい》に禁じられておりますので、帝は一計を案じて、若宮の御後見役をして何かとお世話している右大弁《うだいべん》の子のようにしたてて、高麗人の泊まっている外国使節の宿泊所の鴻《こう》臚館《ろかん》にお連れいたしました。

人相見は若宮のお顔を拝するなり、たいそう愕《おどろ》いて、幾度も首をかしげて不思議がりました。

「このお方はほんとうにあなたの御子なのでしょうか。非常にたぐい稀《まれ》な人相をしていらっしゃいます。国の親となり帝王の最高の位に登る人相をしていらっしやいます。しかし帝王になられると、国が乱れることが起こりそうです。それでは朝廷の左右の大臣にでもなって、天下の政を輔佐《ほさ》する役として占いますと、またそこにおさまりきる相でもないのです」

と予言しました。右大弁も学才のすぐれた博士で相人《そうにん》ともよく話があい、漢詩などお互いにかわして親しくしました。いよいよ明日帰るという時になって、若宮のような世にも稀なすばらしい人相のお方にお目にかかれた喜びと、そういうお方と別れて去らねばならない愛惜の情を詩に詠《よ》んでさしあげると、若宮も心をうつ漢詩を答礼として作ってさしあげました。相人はその詩句のすばらしさに感嘆して言葉を尽くして絶讃《ぜっさん》して、すばらしい贈り物などを若宮に捧《ささ》げたてまつりました。

朝廷からも相人に多くの贈り物をされました。そういうことは自然に世間に洩れて噂がひろがってしまいますので、帝は内密にしていらっしゃいましたが、東宮の祖父の右大臣などは、何か企《たくら》まれているのではないかと、疑わしく気を廻されたようでした。

帝は以前から御自身の判断で日本流の観相をおさせになって、すでに色々若宮の将来については深くお考えになっていらっしゃったので、今まで若宮に親王宣《せん》下《げ》もなさらずにおかれたのを、高麗の相人はさすがによく観《み》ぬいたことよと感心なさったようでございます。

わたくしどももお心を許されたごくわずかの腹心の女房たちには、ついお胸のうちをお洩らしになることもあり、わたくしにも若宮に対しての帝の深い御配慮のほどがうかがわれるのでした。

帝は、若宮を無品《むほん》の親王にして、外戚《がいせき》のしっかりした支持もない、不安定な立場におくようなことはなさるまいとお考えになられました。御自分の御代《みよ》がいつまでつづくかわからないので、皇族から下ろして臣下となさり輔佐役とされるのが、かえって行く先も安全で頼もしそうに思われるとお考えになったようでございます。なまじ親王にされると、帝位をめぐって野心でもありそうに政争の渦に巻きこまれ、思わぬ災厄を蒙《こうむ》る恐れがないとはいえないからです。

そうはいっても、若宮びいきの女房たちは、それではあまりに若宮がおいたわしい、亡き更衣さまや祖母君の御霊《みたま》もどう思われることかと、帝の思いきった御決断に反対する者もおりました。実はわたくしもそのひとりでしたが、帝の深い御配慮に、わたくしどもの浅知恵や動きやすい感情がかなうはずもないのでした。

帝はこうと決められると、今までにもまして若宮に諸道の学問をきびしく習わせられるのでした。

若宮はあきれるほどずばぬけて御聡明で、何をお習いになっても博士たちが舌を巻くほどすばらしい成績をあげられます。

それにつけても臣下に降《くだ》すにはとても惜しまれます。念のため日本の宿曜《すくよう》の達人に占わせてごらんになっても、やはり高麗の相人と全く同じような答えが出てまいりますので、とうとう源氏《げんじ》姓を賜り、臣下になさることに御決定になられました。

誰よりも帝が、この決定にふみきられるまでには深くお悩みになられたことと拝察されました。

日毎《ひごと》に若宮は亡き更衣さまの俤《おもかげ》をよみがえらせるように母君そっくりの美しさに育っていかれます。端麗なだけでなく、この若宮にはなんともいいようのない愛嬌《あいきょう》がそなわっていて、鬼神でさえ、その麗容には我を忘れてしまいそうなほどでした。

帝は若宮をいっそう片時もお側から離さないほど御寵愛あそばしました。

「母に逢いたければ、鏡を見るがよい。鏡の塵《ちり》を拭うと、その中にあなたの顔が映っている。その顔こそ亡き母と思えばよい」

帝がそう若宮におっしゃるのも、ほんとにそうだとうなずけるほど亡き更衣さまに生き写しでいらっしゃるのでした。帝は帝で、恋しいお方をしのばれるには若宮のお顔を見ればいいのでした。

悲しみも苦しみも、歳月が忘却の川に流し去ってしまうのが人の世の習いだと申しますが、帝のお心に刻みつけられた桐壺更衣さまの俤と想い出《おもで》だけは忘れる折もなく、日と共にいっそう濃く鮮やかに帝のお心の中に生きつづけているようでした。

少しは悲しみもまぎれるかと、新しい姫君たちを後宮《こうきゆう》にお召しになってもみられましたが、亡きお方に比肩できるような方はいらっしゃらないのかという嘆きを新たになさるのが落ちで、もう帝はそんな試みさえなさろうとはせず、世の中をうとましくばかりお感じになっていらっしゃいます。

「もう新しく女などと交渉を始めるのは年のせいか億劫《おつくう》になってしまった。これからは心静かに暮らそう」

などおっしゃって、およそ女君への興味も失われたようにお見受けしました。

弘徽殿女御さまは、最も早くから後宮に入られ、父君右大臣の御威光を後ろ楯にしていらっしゃるだけ、何かにつけて御自分の御威勢や御寵愛が一番でないとお気がすまないお方でございます。

それだけに桐壺更衣さまへの異常なまでの帝の御寵愛に嫉妬され、呪い憎み、はては大きな声では申せませんが、苛《いじ》め殺したような形で死なせておしまいになりました。

御自分のお産みになった一の皇子《みこ》が御性質がおだやかでおとなしく、更衣さまの若宮がお生まれになってからは、とかく比較され、あらゆる点で劣りがちに批評されるのが口惜《くや》しく、内心では若宮を故更衣さま以上に憎み呪っていらっしゃるのでした。

一の皇子が東宮にお立ちになるまでは、もしや若宮を東宮になさるのではないかという不安から、言うに言えないほど帝に対しても不愉快な御態度をおとりになったようでございます。

その当時は、わたくしども女房たちは、若宮の御身に万一のことがあってはと心配し、お食事なども、秘《ひそ》かにすべてお毒味しておりました。

祖母君がなかなか若宮を宮中にお連れしなかったのも、そういう御懸念がおありだったからなのでございました。

帝は弘徽殿女御さまを何かにつけ、女御や妃たちの代表的存在として立てていらっしゃいました。気の強い嫉妬深い弘徽殿女御さまを怒らせると、後宮の雰囲気がとげとげして、他の女御たちまで怯《おび》え暮らすようになるからでした。

東宮が決まってからは、

「更衣の生前は帝の立場も忘れるほど見苦しく更衣に惑溺して、政をかえりみられず、でれでれしてお暮らしだった。外国にもわが国の歴史にも例のないほどの暗君ぶりをお示しになっていられた。更衣が死んでからは、またまたその悲しみに理性を失うほど我を忘れ、政は前より更に放擲《ほうてき》されてしまった。もう帝としての威厳もなければ、義務も果たしていらっしゃるとはいえない。いっそ早々と御退位して、東宮に政をお譲りになればいいものを」

などと、とんでもない恐れ多いことを声高におっしゃっていられるとか、わたくしどもの耳にまで聞こえてまいります。

もちろん東宮の御後見の右大臣が外戚として権力を振るおうというお腹でございましょう。帝御自身は、若宮さえいらっしゃらなければ御自分から譲位して気楽なお立場になりたいとか、出家あそばしたいなどという御意向も、ふとした時には洩らされますので、わたくしどもとしては、

「そんなことがあれば、御後見のない若宮さまはどうなさるのでございますか。お気を強くお持ちになり、せめて若宮さまが元服なさるまでは、そのようなお考えはおやめくださいまし」

とお願いするばかりでございました。

なんとかして桐壺更衣さまに代わるようなお気に召すお方はいないものかと、それぱかり念じていたのでございます。

帝にふたたび生きる張りあいを持っていただくには、桐壺更衣さま以上に、帝

のお心を捉えお慰めできるお方を探すしかないのでございました。

わたくしどもの祈りが通じたのでしょうか、女房の中では最も古参で、三代の帝の宮仕えをしてこられた典侍《ないしのすけ》が、耳よりな話を帝のお耳にお入れしたのです。先の帝の内親王に、信じられないほど桐壺更衣さまに生き写しの姫宮がいらっしゃるというのです。

典侍は先帝の皇后であられた姫宮の母后《ははきさき》にも可愛がられ、折につけ母后の御殿にも御機嫌伺いを欠かさない間柄でした。母后も典侍を信用して、何かと打ちとけたお話し相手になさっていられた様子でございます。

「先頃、母后の御殿へ参上しましたところ、まだ幼くていらっしゃるとばかり思っていた四の姫宮を、ふとしたことでお見かけいたしました。お年の頃は十五歳で、そのお美しさは輝くばかりでございます。何よりもおどろいたのは、その姫宮が桐壺更衣さまが生まれかわっていらっしゃったかと思うほど瓜二《うりふた》つの俤をしていらっしゃることでした。ほんとに一目主上さまにお目にかけとうございます。あんなに美しく御成人あそばしているとはつゆ存じませず、わたくしとしたことが、ほんとにうかつでございました」

と、帝にある夜お話し申しあげたのでございます。例によって、ほんの四、五人ばかりのごく気を許された女房たちが呼び集められて、よもやまのお話をしている時でございました。

それまでけだるそうに、女房の話を上の空で聞いていられた帝の表情に、はっと動くものが走りました。

「それはほんとうのことか。まさか更衣と瓜二つの人がこの世にいるなど信じられないが」

「お信じにならないのもごもっともでございます。わたくし自身が、夢を見ているのではないかと、自分をつねったくらいですから」

話し上手の典侍が身を乗り出して言うのですから、わたくしたちも急に色めきたちました。それならなんとしてもその姫宮を宮中にお迎えしたいということになりました。

帝も次第に乗り気になられ、入内《じゅだい》させてくれるなら、どんな条件でもかなえようとまで申されます。

典侍が早速、礼を尽くして姫宮入内の申し入れのお使者に立って行かれました。ところが思いがけない支障があったのです。御聡明で聞こえた母后が、真っ向から反対で御辞退なさいました。

「とんでもない話です。弘徽殿女御が桐壺更衣を苛め殺したというもっぱらの噂じゃありませんか。東宮の母后として今は更に権勢をほしいままにしていらっしゃるところへ、どうして若いなんの苦労もしらない四の宮がいってつとまることですか。帝のありがたいお志には感謝いたしますけれど、とてもお受けできません」

と、はっきりとおっしゃいました。そうなると帝はかえって姫宮に一度でもお逢いしたいという想いがつのられ、まるで恋煩いのように、見ぬ俤に憧れてあきらめず、典侍をせめたてられ、なんとかこのお話をまとめよとお命じになります。

　幸か不幸か、一番反対していられた母后がふとした病から、一年後にあっけなくお亡くなりになりました。その後、急に話が進められ、姫宮の御兄君たちの御意見もあって、姫宮の入内が実現したのでございました。御年十六歳の匂うようにお美しいお姿を拝しました時、わたくしも思わず亡き更衣さまが生きかえられたかとわが目を疑ったほどでございます。

　帝はもうすっかり御満足で、あれほどお心いっぱいに占めていた更衣さまの思い出も新しい若い女御さまに吸いとられてしまった御様子でした。人間の心など所詮ははかないものでございます。何よりも喜ばしいことは、この新しい女御さまのおかげで、帝のお気持がすっかり若がえられ、まるで二十年も昔の帝のように活《い》き活きとあそばし、政にも精力的に御精励あそばすようになられたことでございます。女御さまには飛香舎《ひぎょうしゃ》のお局《つぼね》を賜り、藤壺女御《ふじつぼのにょうご》と申しあげました。

若宮は源氏の君と申しあげておりましたが、この頃から誰いうとなく、その天性の美貌が光り輝くようなところから「光君《ひかるのきみ》」とか「光源氏の君」とかお呼びするようになっておりました。同時に、帝の御寵愛を光君さまと分けあっていられる藤壺女御を「かがやく日《ひ》の宮《みや》」と並んでお呼び申しあげるようになったのでございます。

光君さまは御父帝以上に、藤壺女御の御入内を喜んでいらっしゃいました。

「これまで、後宮にいらっしゃる女御や妃たちは、それぞれ御自分がこの世で一番美しいと思っていらっしゃる方たちばかりでしょう。もちろん、どのお方も美しいけれど、みんなずいぶんお年寄りだものね。それに比べたら、藤壺女御さまはなんとお若くってお美しいのだろう。

帝のお供をして藤壺に連れていっていただいたり、後涼殿《こうろうでん》に上られた時にお見かけする度、目がくらみそうになりますよ。わたしの亡くなった母君がそっくりだったと典侍は言っていたけれど、ほんとうかしら。あんな美しい母君だったら嬉しいな。でも女御さまは恥ずかしがりで、すぐお顔を扇やお袖でおかくしになるから残念だ。もっともっと見させてほしいのに」

などわたくしに話されるのです。十一歳におなりで新女御さまとはわずか五歳の差ですから、帝はお二人を時には御姉弟《ごきょうだい》のようにも見なされ、もう一方《ひとかた》姫宮がふえたというお扱いの時もございます。

それでも光君さまが十二歳で元服なさいました時から、帝はこれまでのように光君さまを藤壺女御さまの御簾の内にお入れになられませんでした。

元服の夜、加冠《かかん》の役をなさった左大臣家の姫君と御結婚なさり、光君さまは、左大臣家の大切な婿がねとなられたのでございます。

この姫君は弘徽殿女御さまが東宮妃にと申しこまれていただけに、この御結婚は弘徽殿女御さまの自尊心を傷つけ、光君さまへの憎悪をいやますことになったのでした。

まだ十二歳とはいえ、加冠あそばしてからの光君さまの立派な貴公子ぶりは、見馴《みな》れたわたくしどもの目にさえ、まばゆいくらいのお美しさでございます。

この頃の帝の両手に美しい花をかかえられたような幸福な笑顔は、実に十年ぶりのことでした。

この平安と幸福がいついつまでも帝のお身のまわりに輝きとどまっているようにと切に祈るのは、わたくしひとりではないと信じます。

空蟬

★

うつせみ

空蟬《うつせみ》のかたる

あれは、この世で現実に起こったことだったのでしょうか。幾度くりかえし子細に思いかえしてみても、寝苦しい真夏の一夜の、妖《あや》しい夢だったとしか考えられないのです。

あんなことが、幸い薄く生まれつき、平凡な生涯を送るものと決めこんでいたこのわたくしの身の上に、突然降って湧こうなど、誰が予想できたでしょう。弟を産むとすぐ母は亡くなり、衛門督《えもんのかみ》だった父は、何を思いちがえたのか、娘のわたくしに途方もない望みをかけ、行く末は宮仕えさせ、運よくば帝《みかど》のお目にもとまることもあろうかなどと、夢のようなことをたくらんでいたようです。

わたくしはおよそ父の法外な夢などには無縁な、生まれつき内気で地味な人間の上、片親のせいもあってか、年よりふけた陰気な娘に育っていたのです。鏡に映る自分の俤を見ても、物語の中の華やかな恋に彩られる姫君などには、およそ縁遠い魅力に乏しい女だと思い決めておりました。

ある年の流行病《はやりやまい》で、父までが急に逝《い》ってしまってからは、召し使う者たちも、落葉が風に運ばれるように散り散りに去っていき、わびしさもきわまってしまいました。

いっそ尼にでもなろうかと思った頃、父と懇意だった伊予介《いよのすけ》が、まめやかな親切をみせて近づいて来て、心細さからつい頼りにし、気がついた時にはその後添《のちぞ》いにと、ぬきさしならぬ立場に追いこめられてしまっていたのです。その時でさえ、どうせ自分の一生など、この程度のものであろうと、さしたる抵抗もなく、その運命を受けいれてしまったのでした。

夫というより父親のような頼もしさだけが取柄の男に、胸のときめく思いなど、ついぞ一度も抱かないまま、格別の不満も感じたことはなかったのです。むしろ、わたくしとは同年の先妻の子の紀伊守《きのかみ》が、父の目を盗み、みだらがましいそぶりをみせるのが、無性にわずらわしく、悩みといえばそれくらいのものでした。

心の中に時折吹きすぎる木枯しのようなものから目をそむけてさえいれば、一応、平穏無事な暮らしだったといえましょう。

そんなある夏の夕べのことでした。夫が単身で伊予へ赴任していった留守の家に、ちょっとした穢《けが》れがつき、物忌《ものい》みのため、紀伊守の邸《やしき》に、女房たちを引きつれて、方違《かたたが》えに行かねばならぬはめになってしまったのです。他はすべて方角がふさがっていたのでした。

その家に移って二日とたたない日の昼すぎのことでした。紀伊守が勤め先の左大臣家から、あたふたと帰ってきました。

「大変なことになった。左大臣家におわたりになった光君《ひかるのきみ》さまが、方違えに、この邸にお越しになるというのだ。粗相があっては一大事なので、極力お断りしたけれど、この家の新しく造った庭の噂《うわさ》などを聞かれて、御酔狂にも是非にとここが選ばれてしまった。女たちが大勢来合わせていてむさくるしいと申しあげても、かえって興がられてしまって……。そんなわけで、もう夕暮れにはお見えになるから、大至急、お迎えの支度をするように」

日頃の気どりも見栄《みえ》も忘れて、紀伊守は口から泡を飛ばして、家来たちを叱咤《しった》しています。大掃除をする者、取っておきの調度類を取り出し飾りつける者、もう火事場のような大騒ぎになりました。

わたくしども厄介者は、とにかく奥の一間へ押しこめられ、庭に面した東向きのいちばん涼しい部屋は、光君さまの御座所に明け渡しました。

「わざわざこんな所にいらっしゃらなくても、お通い所がたんとおありのはずなのに」

「そうはいかないでしょうよ。葵上《あおいのうえ》さまや左大臣家への手前も、方違えをいい都合にして、他のおしのびの女の許《もと》へお出かけにはなれないわ」

「でも、光君さまは葵上さまとはお仲が悪くて、左大臣家にはほとんどお立寄りもないという噂よ」

「しいっ」

口さがない女房たちは、埒《らち》もないお喋《しゃべ》りをしながら、それでも垣間見《かいまみ》にでも、もしかしたら、光君さまを拝めるのではないかと興奮しきっております。わたくしはおかげで、紀伊守のうっとうしい懸想《けそう》から、今夜だけでも逃れられると、かえってこの騒ぎがありがたいくらいでした。輝く光源氏《ひかるげんじ》の君《きみ》さまなど、およそちがう星の世界のお方としか思えなくて、女房たちのような好奇心さえ起こらないくらいでした。

いよいよその日も暮れ方になり、御一行の御到着がありました。田舎《いなか》めいた柴垣《しばがき》などわざとめぐらせ、遣水《やりみず》や夏草などの配置にも心をくだいている紀伊守自慢の庭に、夜風が涼しく吹きわたる頃、無数の蛍が銀色の糸をひいて空中に飛びかうさまは、お客たちの間から嘆声が上がるほどでした。

涼しい遣水に向かって、やがて酒宴が始まり、紀伊守は、のぼせ上がったように、やれ酒だ肴《さかな》だと、家じゅうをいそがしく駆け廻《まわ》っています。

女房たちはかわるがわる、こっそり覗《のぞ》き見にいっては報告しあっています。

「あのお美しさったら……。もう死んでもいいわ」

「でも、まだあんなにお若いのに、もう御立派な北の方がお決まりだなんて、ずいぶんつまらないこと」

「ちょっと、ちょっと、おもしろいこと聞いちゃった。光君さまがね、もう御馳《ごち》走《そう》は充分だけれど、閨《ねや》のほうの御馳走はどうなっているのって、おっしゃったのよ。あの方は、何をおっしゃってもお上品に聞こえてしまうのね。紀伊守のあわてぶりったら、もうゆでだこみたいになって、あのう、そのう、お好みがよくわかりませんので……、だってさ」

女房たちがくすくす忍び笑いするのも、万一、光君さまのお供にでも聞かれたら、どんなに恥ずかしいかと、気が気ではありません。

それから、どれほどたったことでしょうか。

いつのまにか酒宴もやみ、女房たちも疲れが出て、みんなひっそりと寝静まったようです。

わたくしまでやはり興奮していたのか、急に疲れを感じ、うとうと眠ってしまいました。

「もしもし、お姉さまはどこ」

夢の中に声が入ってきて、あ、弟の小君《こぎみ》だと気がつきました。弟は後見《うしろみ》もなくなったので、紀伊守が引き取って面倒を見てくれているのでした。御所にでも勤めさせたいと思いながら、非力のわたくしにはどうしようもないのでした。

「ここに寝ていますよ。お客さまはもうお寝《やす》みになられて。御寝所がうんと近いようではらはらしたけれど、そうでもないようね」

「廂《ひさし》の間《ま》でお寝みになりましたよ。それにしても噂に聞いたお姿を拝見しましたが、ほんとにすてきな方だった」

「昼間だったら、わたくしも覗いてみたのだけれど」

「それじゃ、わたしはここに寝よう。ああ、眠い」

小君は横になったかと思うと、もうすやすや寝息をたてています。気がつくと、いつも側《そば》に付いている女房の中将《ちゅうじょう》の姿も見えず、他の女房たちも廂の間のほうに寝ていて、まわりに誰もいません。

「中将はどこにいったのかしら、誰もいないのはなんだか怖いわ」

とひとりごとのようにつぶやくと、女房の誰かが、

「下屋《しもや》のほうへ、お湯を使いに行っております。すぐにもどってきましょう」

と答えます。そのうち睡魔に見舞われて、わたくしも障子口の近くで、吸いこまれるような眠りに落ちていきました。

ふと、気がつくと、誰かが身近にいて、上にかけている着物を押しのけようとしています。中将が帰ってきたのだろうと、うつらうつらしていると、思いがけない声が耳もとで囁《ささや》きました。

「中将をお呼びになったので、まいりました。かねがね、人知れずお慕いしていた甲斐《かい》があったというものです」

声は思わず心がとけてしまいそうな、甘いやさしい男の声ではありませんか。それにこの息もつまりそうなかぐわしい匂い、その間も相手の手はこまめに動いて、わたくしの全身をさぐろうとしています。まさか光君さまともあろうお方が……。ああ、そんなことがあってよいものだろうか。もう前後の分別もつかず、胸の鼓動だけがあたりにとどろきはすまいかと思うほど高鳴りつづけ、手も足も、何かに縛られたように身動きもできないのです。悪夢にうなされるような気持で、声をあげようにも、光君さまのお着物の袖で口がふさがれていて、咽喉《のど》で声が消えてしまいます。

「いきなり唐突で、出来心のたわむれとお思いかもしれないけれど、ずっと長い間思いつづけてきたわたしの気持を聞いていただきたいと思って、こんな機会をねらって待ちもうけていたのです。決して、軽はずみな気まぐれからではないことをわかってください」

と、この上なくやさしくおっしゃるのが、鬼神でさえ、とても荒々しく怒ったりはできまいと思われるような御様子なので、とてもはしたなく、「ここに人が……」などとわめくこともできません。

それにしても、こんな無体な目にあわされるのが情けなく、浅ましくて、

「お人ちがいでございましょう」

と言うのも、ようやっとのかすかな声なのでした。消え入りそうに困りはてているわたくしを、いっそう強く抱きしめられて、

「なんというういじらしい、かわいい人だろう。人ちがいなどするはずもない恋心を、おとぼけになるのはあんまりです。決して、浮ついた失礼な振舞いはいたしません。ただ、かねがね思っている心のうちを、少しでも聞いていただきたくて」

とおっしゃるなり、小さなわたくしは軽々と抱きあげられてしまって、障子の外へ運ばれてしまったのです。あまりのことに、わたくしは半分気を失ったようになり、全身が冷えきっていくようでした。ああ、このままいっそ死んでしまいたいと、頭のどこかがうずいています。

出逢いがしらに、もどって来た中将とばったり行きあいました。思わず光君さまが、「や、や」と声をあげてしまわれたので、中将ははじめて事の成行きに気づき、驚きのあまり声も出ない様子です。わたくしは、この有様を中将がどう思うだろうかと、恥ずかしさで身も世もなく、消え入りたい想《おも》いでした。

おろおろと、なすすべもなくついてくる中将に、光君さまは見返りもせず、御寝所に入られるなり、襖《ふすま》をぴしっと閉めてしまわれ、

「朝になってから、お迎えにまいれ」

とさりげなくお言いつけになりました。わたくしは中将の心のうちを思うと、もう死ぬほど切なくて、流れるほど冷汗があふれ、呼吸まで苦しくなってきました。そんなわたくしを、まるで花でも置くようにそっと横たえ、微風のような軽やかさで寄り添われると、どこからそんな甘いお声が引き出されるのかと思うような、やさしいお言葉を、ふりそそいでくださるのでした。物語の中にも聞いたことのないような数々の愛の言葉が、つながれた宝石のようにお口から引き出されるのを、上の空で聞きながら、この成行きがやはりただもう情けなくいとわしくて、

「とても現実《うつつ》のこととも思えません。どんなに数ならぬ、つまらないわたくしのような者だといっても、これほど見下げはてた不埒なお扱いを受けて、どうして

お心の深さなど信じられましょう。わたくしのような卑賤な身分の者にも、分相応に誇りも恥もございます」

と言いながら、これほど無体な辱めを受けたことが心底口惜《くや》しく情けなく、涙がこぼれてたまらなくなってきます。光君さまも少ししおれて、

「その身分のちがいというものさえ、まだよくわからないほど、こんなことは初めての経験なんですよ。それをまるで頭からいっぱしの浮気者扱いされるのは、あんまりだと思います。自然とあなたの耳にも入っていることもあるでしょう。無闇に、無理な好色な振舞いを女に押しつけたりしたことは、かつてなかったのです。それなのに、どうした因縁からか、あなたとのことは、どんなに責められても仕方のないような無法なことをしでかしてしまって、こんな怪しい迷いこみ方をしてしまったのが、われながら不思議でならない」

など、真実らしくしみじみとかき口説かれるのですが、そのお顔や御様子のたぐい稀《まれ》なお美しさや気高さを目《ま》の当たりにするにつけ、ますます打ちとけて男と女の契りなど許すことが恥ずかしく辛《つら》く思われるので、いっそ、そっけなくつまらない女だとさげすまれようとも、あくまで情のこわい、愛の機微などわからない味気ない女のふりをし通そうと心を決めました。その後も冷たくつれなく振る舞い通したのです。

もともとおとなしい性質《たち》なのに、無理にも強く心をはりつめているので、さすがに手折《たお》りにくそうにしていらっしゃいましたが、ついにはわたくしの強情さがかえってお気持をそそのかしたのか、どう抗しようもない有様で、あのお方の若々しく猛々《たけだけ》しい情熱に押し流されてしまったのでした。

あまりの情けなさに泣き沈むわたくしをかき抱き、光君さまはさきほどとはちがう自信と余裕をみせて、いっそうこまごまと言葉を尽くし、なぐさめてくださいます。

「可愛《かわい》いひと、さ、もうそんなに泣かないでおくれ。まるでわたしが人を殺しでもしたような気分に滅入《めい》ってしまう。そんなに辛いめにあわせたのだろうか。わたしはやっぱり、あなたと逢えて、こう結ばれてよかったと心の底から喜んでいるのに……。どうして、そうまでこのわたしを嫌うのだろう。こうなるのも、深い前世からの縁と考えてくれないものだろうか。まるで男女のことなど一向に未経験な生娘《きむすめ》のように、一途《いちず》に泣き悲しまれるのも、あんまりだと思います」

とお恨みになります。

「まだこんなふうに、受領《ずりよう》の妻などという縁の定まっていない娘の頃に、こうしてお情けにあずかるのでしたら、はじめはともかく、いつかは本気で愛してくださる日もあろうかと、分不相応なうぬぼれでも抱いて、自分を慰めだますこともできましょうけれど、こんなかりそめの情事のなぐさみにされたかと思いますと、どうにもたまらないほど恥ずかしく悲しくて、思い乱れるばかりでございます……。といって、今更取返しもつかないこと。もうこの上は、せめて何事もなかったことにして今日かぎりお忘れになってください」

そういう自分の声が出るのさえ信じられないほどの惑乱の中に、光君さまはいっそうこまごまとやさしいお言葉や愛撫《あいぶ》で将来を誓い、わたくしを勇気づけてくださろうとなさるのです。ああ、そのおやさしさ、こまやかな愛撫、死んでも夫と比べてはならないと、心にも軀《からだ》にも鎧《よろい》をつける苦しさの底で、わたくしは今こそ、このお方に殺していただきたいと思うのでした。

そんな朝さえ、暁を告げる鶏《とり》の声は、いつものように晴れ晴れとしているのが不思議な気がいたします。

「ああ、昨夜《ゆうべ》は呑《の》みすぎて、すっかりいぎたなく眠ってしまった」

などというあくびまじりのお供の声や、

「何もそうお急ぎにならないでも」

などという紀伊守の声が聞こえてきます。

襖の外に、昨夜はまんじりともしなかったであろう中将が早くも忍んできていて、ほとほとと遠慮がちに合図を送っています。

夢であってほしいと思ったのに、それらの物音のすべてが、昨夜の出来事の夢ではなかったことを物語っているのでした。

迎えに来た中将のほうへ一度は放してくださったあのお方が、襖ぎわでまたひしとわたくしを抱きしめて、物狂おしいほどの愛撫をそそいでくださるのを、うとましいと思う一方、なぜか振り切れない自分になっているのは、どういうことなのでしょうか。

「これから先どうやって、連絡がとれるだろう。世にまたとないあなたの薄情さも、なつかしさも、共にわたしにとっては生まれてはじめての珍しい経験で、とても忘れられそうにない」

とおっしゃって、しおしおとお泣きになる御様子の、なんという優雅な美しさでしょうか。

鶏がしきりに鳴く中で、

　つれなきを恨みもはてぬしののめに
　　とりあへぬまでおどろかすらむ

と、きぬぎぬの朝の歌を詠《よ》みかけてくださいます。わたくしのような者に、信じられぬほどの御執心や丁重なお扱いをしてくださるにつけて、わが身の器量も才能もおよそ不似合いでお粗末なのが恥ずかしく、かえってなんの感慨も起こらないのです。日頃は心のうちにあなどり見くびって、なんの面白味もない男と思っていた夫の伊予介のことがひしひしと思い出されて、もしや昨夜の不貞が夫の夢にでもあらわれていはしないかと、空恐ろしい気持さえ生まれているのでした。

あの朝お別れしたきり、ふっつりと、あのお方からはお便りひとつないのでした。それが当然と思いきかせようとするのに、やはりあれは一夜のおたわむれだったのかと、今更のようにわが身がうとましくなるのでした。

そんなある日、紀伊守が、弟の小君を光君さまがお召しになりたい御意向だと伝えてきました。身近に召し使っていただき、やがては帝にもおとりなしくださり、殿上《てんじょう》させてやろうとまでのありがたい思召《おぼしめ》しです。一応、姉のわたくしの意向を尊重してといいながら、紀伊守は、こんなお話を断る理由はどこにもあるまいという意気込みでした。何かしら、この中にはたくらみがあるように思われたものの、本人まで勇みたっているので、わたくしが邪魔をする理由はみつかりません。

こうして、小君があのお方の二条院《にじょうのいん》へ引き取られて二、三日後に、意気揚々と帰ってきました。二、三日の間にすっかり引き着るものなど新しく調えていただいて、見違えるように上品になっています。まだ十三になったばかりで、年より幼い気質のまま、人になつきやすい性質は、わたくしには似ず素直で、誰にも愛される徳を持っているようです。

「御奉公はどんな」

「もう晴れがましくって、夢のようですよ。二条院の立派なことといったら、紀伊守の自慢の庭など比べようもありません」

得意気にいって、あたりに目を配り、そっと手渡したのは、なんとあのお方のお文《ふみ》なのです。

「まあ、なんということをするの」

呆《あき》れて思わず顔が赫《あか》らみ、涙さえあふれてきました。

「だって、光君さまは、お姉さまはきっとお受け取りになるお文だっておっしゃったもの、早くお返事をくださいな」

という他愛《たわい》なさ。突き返すわけにもゆかず、顔を隠すようにひろげてみると、目のくらみそうな美しい御筆跡《おて》で、こまごまと情をこめてお書きになった恋文は、自分とかかわりがなければ、家宝にもしたいような結構なものでした。

「こんなお手紙は、見る人がおりませんでしたとお答えしなさい」

というと、小君は無邪気な笑顔で、

「だって、間違いはないとおっしゃったもの、そんなこと申しあげられません」

と言います。さてはこんな子供に、何かとお話しになってしまったのかと、いっそう情けなく、取返しのつかないことに思われます。

小君はその後、懲りずにしげしげとお文を運んでくるようになりました。万一、途中で落としでもしたらと思うと不安で、とてもお返事など書けるものではありません。それでもくりかえし、情のこもったおやさしいお便りをいただくにつけ、あれほど恨みがましく思っていたあの夜のことが、ふっとなつかしい色に塗りかえられていて、独り寝の眠られぬ夜のひとときなど、あの忘れがたいかぐわしい匂いが身のまわりに立ちこめているような、夢とも現《うつつ》ともつかぬ幻想の中に閉じこめられている自分を見出《みいだ》すのでした。そんな夜の夢の中には、誰にも告げられぬ恥ずかしい姿の自分が、無垢《むく》な日の乙女にかえって、あのお方のかぐわしい胸に深々と身をゆだねていたりするのでした。

その頃、また不意に、紀伊守の邸に、あのお方が方違えと称してお立ち寄りになりました。わたくしには、前もってそのおつもりのお文があったので心得てはいたものの、どうしてふたたびあの苦しさがくりかえせましょう。中将の寝所に隠れて、戸締まりも固くして、とうとう一晩拒み通してしまいました。

小君があのお方のお文を取り次いでくるのを、人に怪しまれはせぬかと、それでもお返事だけは辛うじてさしあげて、強情に再会を避け通したものです。

さすがに翌朝早々と、光君さまはお引きあげになり、それっきりふっつりとお便りさえ途絶えてしまいました。あれほどの不躾《ぶしつけ》をあえてした報いと思いながら、そうなってみると、まるで身のまわりの物の色という色が消えはて、わたくしは灰色の世界に閉じこめられているような気分に沈みこんでしまうのでした。あの激しい恋のお手紙が、いつのまにかわたくしの生きる芯になっていたことを、ひしひしと思い知らされるのでした。

人妻でない身の上で、あのお方のたまさかの訪れだけを待ちつづける立場だったならばと、今更かえらぬ愚痴に枕を濡《ぬ》らし、眠られぬ夜も多くなっていました。恋も知らず、父ほどの年齢の夫に嫁いだ後も、恋心というものには無縁にすぎていたわたくしの心にも軀にも、あのお方は恋の火をつけられ、昼も夜もたえまなく、その火をあおぎつづけられたのでした。わたくしはうわべは貞女ぶった鎧をつけながら、もう心の内は煩悩の炎が燃えくるめいている恐ろしい女になっていたのです。

それでもなお、表面だけは氷のように冷たく装っているのは、いったいどんな心からなのでしょうか。冷たくすればするほど燃えさかるあのお方の恋の炎が、どこまで燃えつづけるのか見きわめたいというだいそれた願望が、暗い心の闇の底に隠されてはいなかったでしょうか。なびけばすぐ飽かれるにちがいないだろう、とりたてて取柄もない自分を知りぬいているだけに、わたくしは拒むことによって、自分へのあのお方の夢を引きのばしたいと、小ざかしく計っていたとはいえないでしょうか。地獄に堕《お》ちてもいいと物狂おしく悶《もだ》え、あのお方の愛にすがりきりたいと思う夜の何百倍もの熱情で、この幻の恋を、一日でも半刻《はんとき》でも長く引きのばしておきたいという打算が働いていなかったとは申せません。

そして、ついに、自分のあさはかな計算に裏切られて、わたくしはあのお方の恋を失ってしまったのでした。自業自得とはこのことなのでしょうか。もはやわたくしは、魂のぬけがらでした。たった一夜のめくるめく夢だけを反芻《はんすう》しつづけて生きていく醜い牛になってしまったのです。あのお方の純情を踏みにじった、思い上がった女への、これがきびしい業罰《ごうばつ》だったのでございましょう。

その夜は、この夏最後かと思われる暑さのよみがえった、寝苦しい夜でした。もうここでの方違えの生活も、あと二、三日という日になっていました。たまたま紀伊守が任地に下っていて、女どもばかりの留守居で、のどかにくつろぎっておりました。

西《にし》の対《たい》に住んでいた紀伊守の妹、わたくしには継娘《ままむすめ》に当たる紅萩《べにはぎ》とふたりで、夕暮れから碁など打って退屈をまぎらわしていました。あのお方の恋を失って以来、表向きは、わたくしは妙に陽気にさえなり、碁やすごろくを女房たちとうち興じていたりするのでした。うつろな心をまぎらわすには、何かに自分を追いたてているしかないのです。

紅萩は大柄でむちむちと肉づきのいい、見るからに官能的な娘でした。すべてがわたくしとは対照的で、顔の造作も派手で華やかな雰囲気につつまれ、笑うとまるで牡丹《ぼたん》の花が開いたような感じになりました。性質が明るく、くよくよしないのもわたくしとは正反対で、それだけに、ねちねちした紀伊守よりわたくしとは性が合って、義理の仲という感じもなく、母娘《おやこ》というより姉妹のような間柄になっていました。

碁を打つ時でも、胸高にはいた紅《くれない》の袴《はかま》の腰紐《こしひも》のあたりまで、白い羅《うすもの》の着物の胸をはだけ、まぶしいような豊かな乳房を恥ずかしげもなくのぞかせるというような慎みのない面もありますが、気立ては素朴ないい娘で、憎めない性質でした。

その夜はふたりで枕を並べて眠りました。

夕方、小君の姿をちらと見かけたようなのに、なぜか挨拶にもあらわれないことを思い出し、ふっと気になることがありました。小君は、わたくしがすっかり不興を蒙《こうむ》ってしまった後も、引きつづき光君さまに可愛がっていただき、二条院に行きっきりになっていたのです。お文が途絶えてからは、小君の帰宅も稀になっていました。もしや久々のお文使いでは、と頭をかすめた自分の甘さを打ち消しながらも、なぜか胸騒ぎがして次第に目が冴《さ》えてきます。

紅萩はしどけない寝相で、早くもぐっすり熟睡しているようです。

濃い闇の中に何かが近づいてくる気配があるのです。鋭敏なわたくしの神経は、このころ病的にとぎすまされていて、物の気配に気ざとくなっていました。足音よりも早くあのかぐわしい匂いが、先に闇の中をただよってきました。

もうまぎれもなく、あのお方の気配にちがいありません。どうしてそれをわたくしが忘れることがありましょう。日に幾十度となく思いかえし、くりかえし、よみがえらせていたあのなつかしい狂おしい匂いを。

闇に目を凝らすと、匂いにつつまれた濃い影が、単衣《ひとえ》の帷子《かたびら》をうちかけた几《き》帳《ちょう》の隙間から、そっとにじり寄ってくるのが見えるのです。

とっさのことで、前後の分別もなく、あわててひきかぶっていた薄衣《うすぎぬ》の小袿《こうちき》をそこに残し、生絹《すずし》の単衣一枚のまま、夢中で床《とこ》をすべり出て、次の間に逃げこんでしまいました。それだけがせいいっぱいで、遠くへ逃げる物音もはばかられて、そこで死んだように息をひそめていたのです。

それから闇の中に起こったすべてのことを、わたくしは髪の毛一筋までも耳にして、何もかも感じとってしまったのでした。いいえ、あかあかと灯《ひ》のついた部屋でそれが行われたように、わたくしの目の中には、すべてがありありと映っていました。あの夜、あのお方がわたくしになさったと同じことを、あのお方は紅萩になさったのでした。

眠りこけていた紅萩がそれと気づいた時は、もうあのお方の腕の中から逃れようもない形になっていました。その時になって、ようやくあのお方も人ちがいしたとお気づきになったのです。低く、「や」と、洩《も》らされたお声をわたくしは聞き逃してはおりません。

あのお方は、替玉にされたとは何も気づかぬ娘を思うままに扱った後で、

「前々から方違えに来ていたのも、あなたに逢うためだったのですよ」

などと、ほどのいい言葉を吐いて、その場をごまかしていらっしゃるのです。

その口調のなげやりさや、ぞんざいさの中に、自分の時とはちがうと思いたがっているのは、わたくしの惨めな自尊心のうずきなのでしょうか。

あのお方は、わたくしよりはるかに瑞々《みずみず》しい若い娘の肉体に、かえって拾いものよと喜んでいらっしゃったのかもしれません。頼りないほど無抵抗な娘の態度の中に、女らしさと素直さを認め、愛らしくお思いになったのかもしれません。

「女は素直で、心ばえのやわらかなのがいいのですよ」

と、お説教めいて囁いていられたのも、わたくしへの当てこすりと取れないで

もありません。またの約束をこまごまとなさるのも、娘の自尊心を傷つけたいためなのか、お心の底からの本音からなのか、わたくしにはもう見きわめもつかないのでした。

本当の地獄が始まったのはその夜からでした。

あのお方がわたくしの脱ぎ忘れた小袿を出がけにすばやく御衣裳《いしよう》の中にたくし

こんで持ち去られたのを、せめてものわたくしへの愛の名残と思っていいのか、

あくまでつれない態度で辱めつづけた思い上がった女への、復讐《ふくしゆう》の形代《かたしろ》になさ

りたいためなのか、想像もつかないのでした。

「人目を忍ぶ恋路というのは、公然と許された仲よりも情愛もこまやかになると、

昔の人もいっています。わたしと同じように、あなたも想ってくださいよ」

などと紅萩をいくるめていたお言葉が、耳にこびりついて離れないのでした。

あんなに陽気でのんびりしていた紅萩がさすがに次の朝からは妙にひっそりと

して、ぼうっと放心している時のあるのを見るにつけ、心が痛みます。自分の身

を守るために娘を危険に陥れたのは、やはり自分の腹を痛めない継娘だったから

なのでしょうか。

それにしても、男の情けをはじめて受けた若い娘の濡れた瞳のなやましいこと、

その肌の照りのあきらかに昨日とはちがう輝き……。見逃したいそれらがすべて

はっきりと目に映り、わたくしの胸は鋭い爪でかきむしられるように痛むのです。

二、三日して小君が訪れた時、いきなり頭ごなしに叱りつけてやりました。小君はしおしおした泣き顔になり、

「だって、光君さまの御命令にさからえる者などこの世にいるでしょうか」

といい、ふてくされたように、御畳紙《おんたとうがみ》（懐紙）に書き散らしたあのお方のお歌を置いていきました。

空蟬《うつせみ》の身をかへてける木《こ》のもとに
　なほ人がらのなつかしきかな

そのお歌をくりかえし目で追ううち、わたくしの瞼《まぶた》は涙でふくれ上がり、何も見えなくなってしまいました。

空蟬のように、これからのわたくしは、人という形だけを危なっかしく保って、中身の肉体も心ももぬけの殻になったまま、はかなく生きつづけていくしかなくなったのです。

あの一夜が夢ならば、せめてその夢だけをもろい空蟬の中に抱きしめて……。

夕顔

★

ゆうがお

夕顔《ゆうがお》の侍女右近《うこん》のかたる

明け方の夢に聞いたほととぎすの切ない声で、目覚めました。まだ瞼《まぶた》の裏に、昼月のような白いほのかな花が揺れていて、夢と現《うつつ》のあわいの中に、わたくしはふと、あの五条のほとりのなつかしい賤《しず》が家《や》の切《き》り簾《すだれ》の中から、籬《まがき》にからんだ夕顔の花を眺めているような気分になっていました。

黄昏時《たそがれどき》にひっそりと開き、あくる日の陽《ひ》の光に、淡雪がとけるようにはかなくしぼんでいくこの花のいのちこそ、わたくしのお仕え申しあげたこよなくおやさしく可憐《かれん》でいられた美しいお方さまの、幸い薄かった御生涯そのままのように思われてなりません。

あのお方を夕顔《ゆうがお》のお方とひそかにお呼び申しあげるのは、わたくしと、光君《ひかるのきみ》さまだけの分かちあう秘密の約束事でございます。

あれは去年の、ちょうど今頃のことでございました。長い梅雨《つゆ》も明けて、急に樹々《きぎ》の緑がまぶしく、陽の光が輝きをましてきた夏のはじめの、とある夕暮れでございました。

夕顔のお方が、わけがあって、方違《かたたが》えのため、かりそめに宿っていた五条のわたりのささやかな宿の外に、たいそうやつした御車が意味ありげに止まっていました。

わたくしどもは仮居のつれづれに、よく簾越しに道ゆく人を覗《のぞ》き見したりして、はしたない品定めなどしておりましたが、その日の御車は、いくらやつしていられても、見るからに由緒ありげな雰囲気があり、風の流れにつれて、そのあたりからえもいわれぬかぐわしい匂いさえただよってくるのです。どなたの御車かしらなど、ひそひそ語りあっていますと、御車の前簾をつとかかげて、首をのばされ、あちこちもの珍しそうに眺めていらっしゃる貴公子の横顔が、夕顔の花より白く浮かんでいます。

「まあ、もしかしたら、光君さまではなくって」

「まさか、そんな貴いお方が、こんなむさくるしい所にいらっしゃるわけはないでしょう」

「でも、あの月の光のように輝くお顔、そしてこの匂い……」

この家の主《あるじ》は揚名介《ようめいのすけ》ですが、今は地方へまいっていて、年の若い妻女が留守をしております。その姉妹に宮仕えしている者がいて、たまたま宿下りしていました。そのふたりが、夕闇の人を見て気もそぞろになって囁《ささや》きかわしているのです。

その時、御車の御随身《みずいじん》がひとり、つかつかと、形ばかりの枝折戸《しおりど》を入ってきて、垣根にまきついた夕顔の蔓《つる》から白い花を折り取ろうとしています。覗いていたわたくしたちは、そのまま花を手折《たお》らせるのも趣がなさすぎると思いましたが、とっさに思案もつきません。姉妹のひとりが夕顔のお方の使いこんだ白扇をもらい受け、さらさらと歌を気どって書き、可愛《かわい》らしい女童《めのわらわ》に持たせてやりました。黄色い生絹《すずし》の単袴《ひとえばかま》をつけた女童が、教えられた通り、遣戸口《やりどぐち》から手招きして、御随身に扇をさしだしました。

「これにのせてさしあげてください。枝も風情のない蔓草ですから」

ことばも教えられた通りをたどたどしく申します。

その時、隣の家から出てきた若い御家来が扇を受け取り、御車の中へお取り次ぎしました。そのまま、東隣の家の門が開かれ、御車は中へ吸いこまれてしまいました。

下働きの女が、お隣はさる貴いお方の乳母《めのと》をした女が、今は老いの重い病にかかり、尼になって命が少し延びているようだなどと、どこから聞きこんできたのか、まことしやかに話しています。それっきり、御返歌もないので、はしたないことをしてしまったと、女たちが気をもんでいるところへ、すっかり暗くなってから、御畳紙《おんたとうがみ》（懐紙）に書かれたお歌を、さっきの御随身がわざわざ返してきました。

こちらの歌は、

心あてにそれかとぞ見る白露の
　光そへたる夕顔の花

というのに対し、お返しは、

寄りてこそそれかとも見めたそがれに
　ほのぼの見つる花の夕顔

という艶なものでした。こんなお返しをいただいて、やっぱり光君さまであったらしいと、有頂天になる女房たちも、はしたないものでございます。

こんな騒ぎもよそに、わたくしの御主人の夕顔のお方は、ひっそりとしのびやかに壁ぎわに身をひくようにしてこもっていらっしゃいました。お年はわたくしと同じ十九になられましたが、きゃしゃな、やわらかなおからだつきと、可愛らしいお顔だちのせいか、二つも三つもお若く見えました。故あって、こんなところにかくれていらっしゃるのは、ついこの間まで右大臣家の四の君の婿君、頭《とうの》中将《ちゅうじょう》さまの寵《おも》い者《もの》でいらっしゃったからです。

恋のはじめはいずれもふとしたことからで、頭中将さまがお通いになりはじめて三年ばかりの歳月がまたたくまに過ぎていきました。一昨年の春、愛の形見の姫さまがお生まれになって、それは可愛らしい方でした。

頭中将さまとの仲がその頃北の方に知られてからというもの、右大臣家のほうから、それは恐ろしい脅迫が次々に襲いかかりました。それでなくても、通い所の多い華やかな頭中将さまは、めったに夕顔のお方へはお通いくださらないようになっていたのです。

御気性がごくおだやかでおとなしく、辛《つら》いことや淋《さび》しいことを、あからさまに口や態度にあらわすのは恥ずかしいこととときめておいででした。そのため、たまに中将さまがお見えになっても、夜離《よが》れの恨みごとなどは一言もいわず、ひたすら素直に、うれしそうになさいますので、お方さまの本音の、苦しい淋しいお心の底など、相手の中将さまには一向に通じてはいなかったようでございます。まして北の方の御一統からの脅迫がましい恐ろしい仕打ちなど、どうして打ち明けなさいましょう。そのうちまたしばらくお通いの途絶えた間に、脅迫に耐えかねてこっそり身を隠してしまわれたのでございます。

右大臣家のいたぶり方は、権勢をかさに着て、やれ、家をこぼつの、幼い御子《みこ》を隠すのと、それはもう恐ろしいことでございました。ひたすら怯《おび》えて、乳母《うば》の里に当たる淋しい西《にし》の京《きょう》に隠れておりましたが、山里にでも移ろうとしたら方角が忌《い》むというので、かりそめに五条のその宿へ方違えに身を寄せられていたのでございます。お小さい方は、五条ではお世話する者もありませんので、しかたなく西の京の乳母の家に預けたままでございました。

わたくしは亡くなった最初の乳母の娘でございまして、お方さまとは同い年の上、幼い頃から、御一緒に育ちましたので、女主人と女房というより、姉妹のように心を打ち明けて何につけても右近《うこん》、右近と頼りにしてくださっておりました。

落ちぶれておりましても、元はお父上が三位中将《さんみのちゅうじょう》でいらっしゃいましたので、決して身分の低いお生まれではございません。お方さまに似てお父上も気の弱い、人を蹴落としても出世しようなどというお心のおよそないお方でしたから、いつのまにか華やかな出世の道からは落ちこぼれ、それをお悔やみあそばすうち、御寿命まではかなく、早く御他界になられました。

夕顔の歌のやりとりがあってほどなく、東隣の病気の尼君の息子の惟光《これみつ》という若者が、夕顔の宿の女房を手なずけ、いつのまにか手引きして、やがて夕顔のお方に通ってくる男君ができました。なよなよとやさしく、この上なく素直なお方なので、そうなってからは、まるで水がどんな器にでもぴったりと寄り添うように、新しい男君に馴染《なじ》んでゆかれました。

そのお方はずいぶんご身分を秘密になさりたいらしく、わざとらしいほど身なりなどめだたない狩衣《かりぎぬ》姿におやつしになり、いつも白絹で覆面をしていらっしゃるのでございます。お家の中に入っても、お方さまとおふたりきりの閨《ねや》の中でさえ、それをお取りになろうとはなさいません。夜更けて人の寝静まった頃、お供はおふたりしか連れず、まるで雨か風のようにしのびやかにお通いになるのです。

「いったい、どんな御身分のお方かしら」

「いくらおやつしになっても高貴のお方にちがいありませんわ。お召物の手ざわりだけでも並々のものとはちがいますもの」

「あら、お召物だけではありませんわ。風で紙燭《しそく》がかき消えた時、暗闇で御案内のため、ついお取りしたお手の、まあしなやかなことといったら……」

「それにあのたぐい稀《まれ》な気の遠くなるようないい匂い」

「でもこうまでかたくなに御身分をかくされると、なんだか物語の中の変化《へんげ》が通うようで気味が悪いこと」

「あのお顔の絹のうちは、目もあてられないあばたか、傷か」

「まあ、失礼な、おつつしみあそばせ」

はしたない女たちのひそひそ話にもまして、当の夕顔のお方こそ不安でならないのでした。

時にはこっそり人を尾《つ》けてもみさせますが、上手にまかれてしまって、どうしても御素性が知られません。そのかわり、殿方も決して、夕顔のお方のお身の上や昔のことなど、露ほどもお訊《き》き出しにはならないのでした。逢《あ》えばひたすらにおやさしく、この上もなくこまやかで情の濃いお語らいをあそばします。せまい家の中で、すぐお閨の端にひかえておりますわたくしには、一睡もなさらずお交わしになる鴛鴦《えんおう》のお契りのすべてが、ひしひしとうかがわれるのでございます。

ふと、まるで自分自身がお方さまになって、あのお方に抱かれているような……、そんな夢とも現《うつつ》ともつかない気持にひきこまれることさえございますほどに……。

「あなたはなんという可愛らしい人なのだろう。まるで童女を抱いているような気がする。あなたといると、あなたの素直さに真綿のようにくるまれて、こちらまで心が清らかになっていくようです。朝別れて帰ると、もう昼から逢いたくて逢いたくて、何も手につかないのです。夜訪ねていくまでに、あなたが雪のようにかき消えていはしまいかという不安にかられて、胸がしぼりあげられてくるのです。こんな狂おしい恋は、かつてしたこともなかった」

「そんなにたくさん恋をなさいましたの」

そのお声のなんというあどけないいじらしさ。男君はそれを聞くと、いっそう物狂おしくなられた御様子で、お方さまをかき抱き、炎のように愛し尽くされるのでございました。

忘れもいたしません。あれは仲秋《ちゅうしゅう》の満月の夜のことでした。冴《さ》え渡った月光が、板屋のすきまから隈《くま》なくさしこんできて、ひとつにとけあったおふたりのお躯《からだ》を輝かせておりました。

明け方近くになると、隣の家々の貧しい暮らし向きの人々が目を覚ましたらしく、ごほごほと咳きこむ声や、男のだみ声で、

「おお、寒《さ》む、寒《せ》む。今年はまあ、なんと不景気で、田舎《いなか》の行商もとんと、あてにはなるまいて。心細いことよのう……。なあ、北隣さんや、聞いていなさるかい」

などという声も手に取るように聞こえてきます。それぞれに貧しい生業《なりわい》のために起き出し、気ぜわしく立ち騒ぐ気配や物音が、壁ごしに手にとるように伝わるのも、わたくしなど消え入りたいほど男君に恥ずかしいのです。ところが夕顔のお方さまは、心の底から、天性おっとりしていらっしゃって、辛いこともいやなことも、きまりの悪い恥ずかしいことも、心にこたえて深く悩むということは一

向になく、あくまで品よくおおらかな御様子でいらっしゃいます。

下々の会話の意味もわかっていないお上品さは、同じ乳を分けのんで育っても、わたくしなどとはお血筋のちがうあかしでございましょう。枕元に、ぐゎらぐゎらとひびいてくる碓《からうす》を踏み鳴らす音も騒々しく、思わず耳を掩《おお》いたくなりますが、男君もまたこの音がなんの音かわからないお上品さで、

「かみなりよりもうるさい音だね」

と不思議がっていらっしゃるその鷹揚《おうよう》さ。

やがて、布を打つ砧《きぬた》の音もあちこちから聞こえ、空をゆく雁《かり》の切ない声も加わって、何かにつけ物淋しい秋の明け方でございます。

おふたりで起きだして、遣戸を少し開けてささやかな前栽《せんざい》を御覧になるお姿も絵のようでした。夕顔のお方さまの白い袷《あわせ》に薄紫の着馴《きな》れて萎えた上衣《うわぎ》を重ねたさりげないお姿が、いかにも可憐で嫋々《じょうじょう》として、とりたてて優れたところがあるというわけでもないのに、ほっそりしてなよやかな御様子で話しかけられるのが、ああ、いじらしいと、しみじみ男君のお心をうつようでした。

「さあ、この近くの静かなところに出かけて、しみじみふたりで夜を語り明かそう。こんなうるさいところでばかり逢っているのは、たまらないから」

「とてもそんな……、あんまり急なお話ですもの……」

「わたしはもう一日も逢わずにいられないのだよ。こんな切ない想《おも》いをするのは、この世ばかりの縁とは思えない。前世もきっと離れられない深い縁に結ばれていたのでしょう。来世も必ず一つ蓮《はちす》に仲よく並んですごしたいものです。何も疑わず、何も案じず、しっかりわたしを頼りにしていてほしいのです。どこへでもついてきてくれるでしょうね」

お方さまの口の中のお返事はくぐもり、慕いよるお軀でそれを示して、さからう様子もないのでした。

「右近、右近はおらぬか」

男君は、わたくしをお呼びたてになり、何を思いたったか、すぐ外出するからお方さまのお召物を、二、三取《と》り揃《そろ》えるようにとお命じになるのでした。

ああ、それからの出来事は、今想い出しても夢のようで、一年すぎた今でさえ、この世に起こったこととは信じられません。

男君は軽々とお方さまを抱きあげ、御車の中へ御一緒に入られました。わたくしも引きあげられるようにして、御車の隅に乗せられてしまいました。どこへ行くやら、見当もつかぬ心細さ。夕顔の宿の誰にも挨拶する閑《ひま》もないあわただしい出立でした。

雲間に見え隠れする月の光が心細さをいっそうかきたてます。怯えてものもおっしゃれないお方さまを、男君はひしと抱きしめて、こまごまとやさしくなだめすかしていられます。その時もお顔を掩った白絹はそのままで、薄い絹紗の中からはお見えになっているのでしょうが、こちらはお顔のわからぬもどかしさと不気味さに、いっそう、車の揺れにも心が震えてまいります。

やがて車が止まったと思うと、陰気な古めかしい某《なにがし》の院《いん》に着いていました。鬱蒼《うっそう》と茂った庭の樹立《こだち》が、物《もの》の怪《け》のようで気味悪く、どこかで鳴く梟《ふくろう》の声まで不気味です。門の中は雑草が人の身の丈以上に生い茂り、手入れは何年もなおざりにされているように荒れ果てています。

留守居の者が西《にし》の対《たい》に御座所をつくろう間、わたくしたちは御車の中で待ちました。

わたくしはこんな場合になぜか、心がはずんできました。たしか以前にもこういうことがあったのです。頭中将さまとお方さまのお供をして……、でもそれはこの場合口にすべきではありません。

管理の留守居役が懸命にかけまわっている時、その言葉の端や態度から、わたくしには、ああ、やっぱりと、男君の御素性がうなずけました。このお方こそ、世にかくれもない光源氏《ひかるげんじ》の君《きみ》であられたのです。でもまだ夕顔のお方さまは、その腕にしっかりと抱かれていらっしゃりながら、それには気づいていられない御様子でした。身分も素性もわからぬ男君に、こうまで心も身もゆだねきってしまわれる素直さは、何か恐ろしいようです。も少し、芯にしっかりしたものをお持ちくださらなければなど考えるのも、わたくしの下司《げす》のさもしい根性からでございましょうか。

御座所に移ってからも、留守居の家司《けいし》が、

「どなたかお呼びあそばしては」

と申しあげるのにとりあわず、光君さまは、

「わざわざ、人に隠れて来たのだもの、誰にもいうな」

と口止めなさるばかりでした。それでも家司がさしあげたお粥《かゆ》などを召しあがり、後はもう、誰に気がねもないおふたりの天地で、心ゆくまで睦言《むつごと》をくりかえし、命つきはせぬかと思うほどの契りをこめて、陽のうつろいも忘れはてていられる御有様でした。

日が高くなって、さすがに起きていらっしゃり、秋の野面《のづら》さながらの庭の荒廃のさまなどを、しみじみ御覧になって、

「なんとまあ、荒れ果てたものよ。鬼でも棲《す》みそうだが、鬼めも、わたしだけは見逃してくれるだろう」

など冗談めかしておっしゃりながら、はじめて、顔の布を外されたのでした。

あんまり水くさいとお恨みに思っていたお方さまは、かえって、恥ずかしくまぶしく、お顔を仰ぐこともはばかられて、面《おもて》を伏せておしまいになりました。

「さあ、よく見てごらん。あなたの恋人はいかがですか。夕顔のように美しいでしょうか」

などおたわむれになります。お方さまは、可愛らしい横顔を見せたまま、ちらっとまぶしげに横目で御覧になり、

「あの時、光り輝いてみえたのは、黄昏時のひがめかしら。現実はそれほどでも……」

など冗談をお返しになるのも、心がすっかり開いたからでしょう。

「さあ、あなたももう、素性をお明かしなさい……。まさか物の怪でもないでしょうに」

「海女《あま》の子ですもの……。名乗るようなものでもございませんわ」

わざと甘えてお隠しになられます。

「よしよし、どうせわたしが悪いのでしょうよ」

ざれたり、怨《えん》じあってみせたり、はてはまた愛の睦言に移り、愛をむさぼりあうおふたりの間には、時というものが停止したように見受けられました。

夕暮れ近くになって、惟光もやってきて、果物などさしあげます。それからも

おふたりはぴったりと寄りそわれて、風さえ間にも入れぬほどのお睦びようでございました。それはまあなんと美しい、羨ましい御様子だったことでしょう。それから、わずか、二、三時間の後に、あのような恐ろしい事件が起ころうとは。ほんとうに人の運命は一寸先は闇でございます。

　それからのことは、わたくしはもう気が動転してしまって、正気と狂気の境もなく、覚えていることもさだかではございません。

　ただ、あのことが終わりまして、引きつづき寄る辺のなくなった身を、光君さまにお拾いいただいてから、折にふれ、人目のないところでふたりして、泣き偲《しの》んだお方さまの想い出は、すべて光君さまのお口から、わたくしが洩《も》れうかがったことでございました。

「人の心とはなんという不思議なものか。あの時、ようやく水入らずのふたりの時が持てた幸いの絶頂の中で、わたしが何を考えていただろう。口には夕顔に熱い愛のことばをくりかえしながら、わたしの頭の中は、行方不明になったわたしを捜したずねている誰彼の顔や、最も御案じくださっている御父帝《おんちちみかど》のお顔、その横で心配を口には出せず、蒼白《そうはく》な顔をなさったままの御継母藤壺女御《ふじつぼのにょうご》の憂い顔、それらを掻《か》き消すようにおどろおどろしく眦《まなじり》を吊《つ》りあげた六条御息所《ろくじょうのみやすどころ》の瞋恚《しんい》に燃えさかった鬼女のような横顔……。夕顔に心を溺らせて以来、六条のお邸《やしき》へはとんと足の向かなくなっているこの頃、あの気位高い御息所がどんなにか激しく恨んでいらっしゃるだろうかと思うと、切なくて、その怨恨《えんこん》を受けるにふさわしい自分と思い知っているだけに、すまなさで胸が痛くなっていた。そう思うといっそう目の前のあどけなくおっとりして、全身でよりすがってくる人がいとしくてたまらないのだった。

宵すぎる頃だっただろうか。ついとろとろとまどろんだ枕上《まくらがみ》に、誰とも定かではないが、美しく気高い女人が坐《すわ》っていた。

『わたくしが最高にすばらしいお方だと心からお慕い申しておりますのに、訪ねようともお思いにならないで、このような、格別取柄もない女を連れていらっしゃって、これみよがしに御寵愛《ごちょうあい》あそばすのが、心外で恨めしゅうございます』

と怨じて、側《そば》の夕顔を荒々しくかき起こそうとする。悪夢にうなされるような心地になって、はっと目が覚めると、灯《ひ》もかき消えていて、あたりは真《しん》の闇だった。ぞうっとして寒気だち、太刀《たち》を引き抜いて魔よけに枕上に置き、間近に寝ていた右近を起こしたのだった。

「はい、もうあの時の怖かったこと、震えがとまらず、お側ににじり寄りました」

「渡殿《わたどの》にいる宿直《とのい》の者を起こして、紙燭に火をつけて来るようにと言っておいでと、お前に命じたら」

「とんでもない。どうしてまいれましょう、こんなに暗くてと、震えながら申しあげるのもようやっとの思い。上さまは、なんだ子供っぽいと、苦笑いなさって手を叩《たた》かれると、四方の闇から谺《こだま》のかえってくるのが、恐ろしくてたまりませんでした」

「誰もやって来ないのに、抱きかかえている夕顔が、ひどく怯えてわなないて、汗もしとどになり、気を失っているようだった」

「とても臆病で、子供のように何にでも無性に怖がられるお方ですから、どんなに恐ろしがっていらっしゃることでしょうとわたくしが申しあげましたら」

「いっそ、わたしが起こしてこよう。また手を叩けば谺がうるさくていっそう怖がるだろう。右近はここにいて、近くでしっかり守っていておくれと、お前を夕顔の近くにひきすえて、わたしは部屋の外へ出た。渡殿の灯も消えて闇がひろがっている。風が不気味に吹き、宿直の人も少なく、みんな寝静まっている。この院の管理人の子で、わたしが身近に使っている若者が一人と、男童《おのわらわ》一人、それに随身が居るだけだった。呼べば、預かり子の若者がようやく起きてきた。

『紙燭を早くつけて来い。随身は弦《つる》打ち鳴らして、たえず声をあげよと命じてまいれ。人気のないところで気をゆるめて眠るやつがあるものか。惟光の朝臣《あそん》がさつき来ていたようだが、どうした』

『さっきまでお詰めになっていましたが、お呼びがないので、明け方お迎えに来ると言われて、お帰りになりました』

という。この若者は滝口《たきぐち》の武士（内裏《だいり》を警護する武士）なので、弓弦《ゆづる》を手馴れたように打ち鳴らして、『火の用心』など大声をあげながら、見廻《みまわ》っていく。それにつけても御所のことがまた不意に思い出された。もう今頃は、殿上《てんじょう》では名対面《なだいめん》もすんで、滝口の武士の宿直の名乗りがはじまっているはずだと思いやる。すると、夜はまだそれほど更けてもいないのだろう。

部屋に帰って手探りすると、夕顔はさっきのまま横たわり、正体もない様子で、右近も側にうつ伏してこれも失神寸前の虫の息だった。

『これはどうしたことだ。怖がるにも程がある。こんな荒れた邸には狐《きつね》などがいて、人を脅かそうとして、悪さをするものだ。わたしが居さえすれば、そんなものにはおどされはしない』

『もう怖くて、生きた心地もございません。それよりお方さまを……』

右近にいわれるまでもなく、夕顔をさぐりあてると、ぐったりして、息もしていない。あわてて揺り動かしてみても、なよなよとして手ごたえもない。もしや子供っぽい他愛《たわい》ない人なので、物の怪にでも憑《つ》かれたかと、途方にくれはててしまった」

「ほんにそうでございました。ようやくそこへ若者が紙燭を持ってきたのでございました。

わたくしはもう、腰が抜けてしまって、身動きもできないほど怯えきっておりまして、ものの役にもたちません。光君さまは、きびきびしたお声で、若者に、

『ここまで持ってこい』

とお命じになりながら、手早く御几帳《みきちょう》をひきよせ、わたくしたちを隠してくださいました。若者はそんな近くまで伺候したことがないので、廊下に立ちすくんで身動きもしません。

『早く。遠慮も時と場所による』

とお叱りになり、紙燭を受け取られた時、あっと、光君さまがお手で目をおおわれました。

『どうあそばしました』

と、わたくしが思わず取りすがりますと、

『なんでもない。今、その枕上に、ぼうっと、気味の悪い女が幻のように立って、ふっと消えたのだ。さっきの夢にも見た女だったような気がする』

光君さまは、いかにも気味悪そうに身震いなさいましたが、それどころかとい

うように、夕顔のお方さまに添い臥《ふ》して、

『これ、どうした』

と、正気づかせようと揺り動かしてごらんになるのに、もはやお軀は冷えに冷えきって、息はとうに絶えはてていらっしゃいました。なんということでしょうか。誰に相談することもできないのです。ここまでは気強く装ってはいらっしゃったものの、まだほんとにお若いのですもの、目の前で恋しい人に急に変死されて、どうしようもなく、なきがらに取りすがったまま、

『可愛い人、生き返っておくれ。こんな悲しい目にあわせないでおくれ』

とかきくどいて泣かれます。その間にもおなきがらはいっそう冷えまさって、だんだん、死体らしく硬くなっていくようです。わたくしはただもう、恐ろしかった気持もすっかりさめて、今はお方さまの急死にうろたえ、泣きまどうばかりでした。

『まさか、このまま亡くなってしまうなどということがあるものか。昔話に、御所の南殿にさえ鬼が出て、なんとかいう大臣を脅かしたという伝説もあるくらいだ。これは、この古邸に棲みついた物の怪のしわざで、きっと生き返るにちがいない。夜の物音はただでさえ大仰にひびいて不気味なものだ。右近、さ、もうそんなに騒々しく泣かないでおくれ』

光君さまは、前後不覚に泣きわめくわたくしを気丈におたしなめになりながら、御自分も恐ろしさに震えていらっしゃるようです。それでも気強くさっきの若者を呼びかえされ、

『実に不気味で奇怪な話だが、今、急に物の怪に襲われて、人が死にそうに苦しんでいる。すぐ惟光の家へ行って、急いで来るように申しつけてくれ。その家にもし、惟光の兄の阿闍梨《あじゃり》が居あわせたら、一緒に来てくださるように頼むのだ。ただし、こっそり告げて、尼君にさとられぬようにな。あの尼君はこんな忍び歩きには、かねがねとてもうるさい人だから』

と、お命じになっていらっしゃいますものの、あれほど愛していられたお方を死なせた悲しみと、恐怖に、まだ気もそぞろの御様子なのが、痛ましくてなりません。

風が次第に荒々しく吹きだしたのは、真夜中も過ぎた頃だったでしょうか。風に鳴る松の梢《こずえ》の声が陰鬱に聞こえ、気味の悪い鳥のしわがれ声で鳴きたてるのも、これが梟というものかとぞっとします。どちらを向いても森閑として人の気配もなく、声など聞こえもしません。どうしてこんな心細い怪しいところにわたくしたちは連れて来られたのかと、不安なことこの上もないのです。わたくしは半分気を失ってしまって、ただひしと光君さまに取りすがったまま震えつづけて、も

う今にも死ぬのかと思われました。

『お前まで死なないでくれ。これ、気をたしかに持て』

光君さまのお声も上の空のようでございます。灯火がほのかにまたたくのも、かえって恐ろしく、光のとどかぬ天井や壁のあたりの暗さはいっそう不気味で、みしみしと何かの足音まで空耳に聞こえ、ああもう、あの時はほんとうに生きた心地もありませんでした。

夜の明けることのなんと遅かったこと」

ようやく鶏《とり》の声が遠くに聞こえはじめました。その時、わたくしは、光君さまが呻《うめ》くようにひとりごとを吐きだしたのを耳にしてしまったのです。

「ああ、なんの因果で、こんな命も消え果てるような情けない目に遭うのだろうか。自分の心のとがとはいえ、身分もわきまえず自制心を失い、人倫にもとった恐ろしい恋心を抱いている報いとして、こんな過去にも未来にも語り草になりそうな事件が起こったのだろうか。

いくら隠したところで、現実に起こったことは、きっといつかは顕《あら》われるもので、そのうち、父帝のお耳にも入るだろうし、世間でも面白がって言いはやすだろう。はしたない京童《きょうわらわ》の口の端《は》にもかかるだろう。あげくのはて、あの愚か者がと軽蔑され、爪はじきされるのが落ちだ。ああ、なんという情けない身になりはててしまったことか。あれもこれも、わが秘めた不倫の恋の天罰か」

半分死んだようになっていたわたくしの耳に、それはあまりにも恐ろしい告白でございました。はい、わたくしはそのお声を、光君さまの肺腑《はいふ》から絞りだされる呻きのように聞いたのでございます。秘められた恋とは、不倫の恋とは、夕顔のお方さまへの恋ではありますまい。身分ちがいというのが夕顔のお方さまをさしているとも思えませぬ。光君さまほどの御身分のお方が、自分の身分もわきまえずと謙遜あそばされる御身分の相手とは、いったいどの方がございましょうか。臣下に降《くだ》っていられるとはいえ、現在の帝の皇子《みこ》としてのお生まれは誰知らぬものもないお方でございます。

御幼少のみぎり、高麗《こま》のたいそうすぐれた人相見の予言者や、わが国の星占いの名人などが占われて、等しく、国王の御位《みくらい》につくべき相《そう》のお方だけれど、そうされては、国が乱れる運命にあるから、臣下に降り、国政を輔佐《ほさ》するお方となられたほうがよいと進言されたとか。いえいえ、一天万乗《いってんばんじょう》の帝の御叡慮《ごえいりょ》は、それ以上のものでございましょう。帝の深いお考えから、臣下の源氏に降ろされたと洩れ承っております。

この古邸にまいりますまでは、しかとはわからなかった御身分も、今はまちがいなく光源氏の君さまと知れ、そんな貴いお方にこれほどまでに愛された夕顔のお方さまの幸運と悲運が、一瞬の間に入れ替わろうとは……。しかも光君さまのお胸の底の底には、まだ何やら、もっとはばかりのある恐ろしい秘密が隠されておいでのようで……。

あまりに次々襲いつづける心の衝撃に耐えかねて、わたくしはふたたび、気もそぞろに魂が消えていくようになりました。

撫子

✸

なでしこ

夕顔《ゆうがお》の侍女右近《うこん》のかたる

どれほどの時が過ぎましたやら……。無限に長いような、それでいて、一瞬のような、不思議な時間の中に漂っておりますうちに、待ちあぐねていられた惟光《これみつ》どのがようやくまいりました。

「いつでも、夜も昼もべったりと側《そば》についていて、手足のように思うままに動いてくれるくせに、今夜という時にかぎって居ないで、呼びだしをかけてもこんなにも遅れて、物の役にも立たぬとは、なんと憎らしいことだろう」

と、口にもだされて、苛々《いらいら》とじれていらっしゃっただけに、ともかくお近くに呼びよせられた時は、光君《ひかるのきみ》さまは、さて、事の次第を惟光どのに話されようとあそばすと、あまりの事件のはかなさと、ゆゆしさに、胸がおつまりになられたのか、涙をせきあげさせるばかりで、お言葉にもならない御様子なのです。

わたくしは、惟光どのの顔を見たとたん、はじめて、御車が五条の家の夕顔の垣根の前に止まった日のことから、惟光どのの手引きでおふたりの縁《えにし》が結ばれた事の成行きのすべてが、一挙に思い出されてたまらなく、また涙にむせばずにはいられませんでした。それを御覧になって光君さまも、いよいよがまんの緒が切れたように激しくお泣きあそばすのでした。それまで強いて気丈に心を張って、夕顔のお方さまのおなきがらを、ひしとお胸に抱きかかえていらっしゃいましたが、惟光どのの顔を見るなり、お気持がどっとゆるんだとみえ、しばらくは、ただもう泣き沈まれるばかりでございました。

ようやく涙をおさえられると、

「全く、なんとも不思議な奇妙なことが起ってしまった。あきれて言葉もないくらいだよ」

と、事の次第を涙ながらにとにかく話され、

「こんな危急の場合は、物《もの》の怪《け》をはらうために、読経《どきよう》などをするものだそうだが、その手配も、そちにはからってもらいたく、願《がん》なども立ててもらいたくて、まだ五条の家に阿闍梨《あじやり》がいらっしゃったらお願いしたくて、そのことも使いに申しつけてやったのだが」

と、おっしゃいます。

「残念なことに、兄は昨日すでに叡山《えいざん》へ帰ってしまいました。それにしても、なんとも奇妙な不思議なことが起こったものですなあ。お方さまは、前々から御気分がすぐれなかったとかいう御様子でもございましたか」

惟光どのも信じられないという面持ちで申しあげます。

「それが、一向にそんなふうでもなかったのだ」

と、また思い出されてお泣きになる御様子が、あくまで品よく優雅でいらっしゃるのもおいたわしく、惟光どのも、よよともらい泣きをはじめる有様なのです。こんな時、年かさの、世馴《よな》れた者でもいれば頼もしいのに、なんといっても、光君さまといい、惟光どのといい、どちらも揃《そろ》ってまだ十七、八歳のお若さ、途方にくれるばかりでよい知恵の浮かぶ様子もありません。

「ここの院守《いんもり》などに知らせることはまずいでしょうね。彼ひとりは信用できても、つい喋《しゃべ》ってしまいそうな身内などもいることでしょうし。とにかく一刻も早くここを出てしまいましょう」

と、惟光どのがようやく子細らしく言いだしました。

「しかし、ここより人のいないところなど、どこにあるだろうか」

光君さまが心細げにおっしゃいます。

「そういえば全くそうですね。あの五条の夕顔の宿は、女房たちがこんなことを聞くと、さぞかし悲嘆にくれて泣き惑うことでしょうし、隣近所があのように建てこんでおりますので、何かと聞き耳もたてられることでしょう。事がばれればたちまち評判になって言いはやされるでしょうし、さて困った……まあ、山寺の辺りなら、葬送などもよくあることだし、死人を運ぶにはいちばん目立たなくて恰好《かっこう》なのですが……ああ、そうだ、昔の縁故の女で、尼になっている者がいるのを思いだしました。東山《ひがしやま》の辺りに住んでいます。とにかくあそこへお移ししましょう。その女はわたくしの父の乳母《うば》でしたが、今はすっかり老いこんでおります。その辺りはいたって閑静で人目にもつきにくうございます」

と惟光どのが申しあげ、夜がすっかり明けて、人々が朝の仕事にざわめいて忙しくしているすきを見て、御車を西《にし》の対《たい》につけ、こっそりおなきがらを移そうといたしました。

光君さまは、もうすっかりお力を落とされて、とてもおなきがらをお抱きになることもできないので、御帳《みちようだい》台の敷物におくるみして、惟光どのがかかえて御車にお移しいたしました。

この敷物に、昨夜はおふたりで睦《むつ》まじく愛を語らっていられたのにと思いますにつけ、わたくしの目はまたもや涙で何も見えなくなってしまいます。

お方さまはたいそう小柄で可愛《かわい》らしく、とても死人などと思えないお美しさでした。とっさのことで丁寧に包むこともできないので、美しい黒髪が、無造作に巻いた敷物の中からあふれこぼれ、つやつやと輝いているのを御覧になって、光君さまは、またたまらなくお思いになられたのでしょう、よろよろと黒髪のほうへ引かれ、お手にふれようとなさった時、悲しみが極まったのか、よろめき、倒れそうになられました。あわててお支えしたわたくしの肩にすがられるのもおいとしく、ふたりして支えあい泣き惑うばかりでした。惟光どのがそんなわたくしを叱りつけるようにして、御車の中に押しこみます。お方さまのおなきがらのお供を、わたくしひとりにせよというわけでございましょう。光君さまは、

「最後まで見とどけてやらなければ」

と、うわごとのようにおっしゃるのを、

「早くお馬で二条院《にじょうのいん》へお帰りなさいませ。夜が明けきって人の往来が騒がしくなりませんうちに、早く早く」

と、惟光どのが無理に馬の背に光君さまを押しあげてしまいました。

自分は指貫《さしぬき》の裾を膝までくくり上げなどして、かいがいしく歩いて車のお供をしてくれます。

光君さまは魂も失《う》せたような御様子で、見るからに頼りなく、車の窓からお見送りしていても、今にも馬から振り落とされそうなおいたわしい御様子でひとり

とぼとぼと遠ざかってゆかれるのでした。

車のほうもがらがらと動きはじめました。どこに運ばれることやら、行方《ゆくえ》も知らぬままに心細い限りでしたが、おなきがらにひしととりついたまま、わたくしもまた魂がこのまま消え果ててくれよと願うばかりでした。

それにしても最後の最後になって、御身分がらとはいえ、見捨てて立ち去られた光君さまが恨めしくもなってまいります。どんなに大切な御身分とは申せ、はかなくなられたお方さまは、最後にはおひとりで、あの世に立たれ、あれほど愛しあわれたお方にも見送っていただけないというのは、あまりにもお淋《さび》しい御最期ではありませんか。なんという御運のはかない御一生だったことでしょう。まるで夕べにひっそりと咲いて、朝にはしぼむ夕顔の命さながらに……ゆかりの花とはいえ、夕顔のお方さまなど、光君さまとの間で名づけてお呼びしたことも、不吉のはじまりであったかと今更のように悔やまれてなりません。

気もそぞろのうちに、車が止まり、五条辺りとは比べものにならないほど物淋しいところに着きました。

板葺《いたぶき》の家の傍《そば》にお堂があって、惟光どののゆかりの尼君がひとり、朝のお勤めをしています。なんとも物淋しい風情でした。

惟光どのがどのように説明したことやら、一向に怪しまれもせず、おなきがらは家のうちに運びこまれ、丁寧に扱われて、まるで生きている人のように御几《み》《き》帳《ちょう》の陰に横たえることができました。枕元に香など炷《た》きますと、いっそう眠っていらっしゃるようで、思わず、白い花びらのようなお顔を撫《な》でさすらずにはいられません。

「お方さま、何かおっしゃってくださいませ。右近でございます。何かお申しつけくださいませ」

声をかぎりにかきくどきましても、掌《て》に伝わる氷のような冷たさのみが、

「わたしはもう死んでしまったのだよ、右近、お泣きでない」

と、お話しになっているようでたまらなく、心がねじしぼられるように苦しく、思わず気持が朦朧《もうろう》として、われとわが身がわからなくなってしまいました。

「これっ、何をする」

大きな声に呼びさまされ、背後から、しっかりと抱き留められて、はっと気がつきますと、惟光どのの腕に抱き取られている自分を見出《みいだ》したのでございます。

「ああ、危ないところだった。一足遅かったら……」

惟光どのの腕がゆるむと、わたくしはその場にどうと膝をついてしまいました。わたくしは魂が抜けた者のように、家を出て、裏山の径《みち》をたどり、渓《たに》のきわで今にも身を投じようとしていたらしゅうございます。

「そんな心弱いことでどうする。この際、右近までがそんな軽はずみなことをしてくれたら、一人でこの大事件を背負っているわたしはどうなるのだ」

惟光どののお怒りもごもっともと思いつつ、やはりお方さま亡き後にどうしてひとり生き延びられようと、わたくしは切なくてたまりません。

叱ったり、なだめたり、惟光どのが必死でわたくしを励まされるお気持もありがたく、ようやくわたくしも正気を取りもどしました。ところでそうなると、今度は事の責任がひしひしと感じられて、この一大事を一刻も早く五条の家の人々に知らせないではと、気が気ではありません。

「五条の家では、どんなに心配しているでしょう。早く帰って知らせます」

惟光どのはそれを聞くと、

「まあ、まあ、その気持はもっともだけれど、何しろ、事がこんなふうに異状なのだし、ここのところはまあ、気を静めて落ち着きなさい。もっとよく色々なことを考えてから、善後策をとっくり講じたほうがいいと思う。何しろ、光君さまにこれ以上御迷惑がかかってはならないのだから」

となだめます。それもそうだと、わたくしもそれ以上は我を通せなくなってしまいました。

惟光どののはからいで、そのうち僧侶も二、三人は集まり、お枕元に御灯明《みあかし》をかかげ、ひっそりと無言のお念仏をあげてくださるのでした。葬送前に無言のお念仏を唱えると、十五功徳があるといわれております。死んで幾十の功徳があるよりも、生き返ってくださることのほうがどんなにかありがたいでしょう。わたくしはもう、生きた心地もなくなって、おなきがらの側に小さな屛風《びょうぶ》を置き、その陰で自分も死人のようになって横たわっておりました。

いつのまにか、すっかり夜も更けきり、近くの寺々から聞こえていた初夜《そや》の勤行《ごんぎょう》(午後六時頃から八時頃までのお勤め)の声も消えはててしまいました。

尼君の御子だという大徳《だいとこ》が、やがて尊い声でお経をあげはじめました。

その時でございます。外からざわめきが伝わり、誰かが、屛風の中をさしのぞきました。あわてて、袿《うちき》のかげに首をすくめますと、

「右近、右近、わたしだよ」

と言うお声は、光君さまではありませんか。その証拠のかぐわしい匂いがもうあたりにたちこめて。

思わず、わたくしも軀《からだ》に力がもどり、起き上がっておりました。ああ、やっぱり光君さまはお方さまを見捨てられたのではなかったのです。

光君さまはお方さまのおなきがらに取りすがらんばかりにして、お顔をお顔に狂おしく押しあてていらっしゃいます。

「なんという可愛らしい様子だろう。この人が死んでいるなど、どうして思えようか。お願いだ、可愛い人、もう一度声を出しておくれ、あのいとしいことばを聞かせておくれ。いったいふたりはどんな前世の契りがあったものやら、あんな短い時間に、逢《あ》うとたちまち心を通わせ、命のかぎりいとしい、恋しいと思ったのに、どうしてわたしひとりを打ち捨てていってしまい、こんな悲しい目にあわせ、途方にくれさせてしまわれるのか。あんまりではないか」

と、あたりかまわずかきくどき、声も惜しまず泣きむせばれるのでした。

居あわせた僧たちも、光君さまをどなたとも知らないまま、そのお嘆きの哀切さにひきこまれて、揃ってもらい泣きをしています。

光君さまは、わたくしに向かって、

「そちが誰よりもわたしの辛《つら》さをわかってくれているね。さ、一緒に二条院へ行こう」

とおやさしくおっしゃってくださるのです。

「かたじけのうございます。けれども、長い年月、物心もつかぬ幼い頃から、片時もお側を離れず、親しくお仕え申しあげてまいりましたお方さまに、こんなに急にお別れして、いったいどこへ帰れましょう。また、五条の家に帰って、お方さまの御最期をなんと人々に説明すればよろしいのでしょう。お亡くなりになったことはともかくとして、生きて人にとやかく言い騒がれるかと思うと、それが辛くてなりません」

と、泣く泣く申しあげたことでした。

「いっそ、御葬送の煙と一緒に、わたくしもお跡を慕って死んでゆきとうございます」

「そちの悲しむのはもっともだけれど、世の中というものは、もともとこういう無常なものなのだよ。誰だって別れが悲しくないことがあろうか。夕顔のように先に死ぬのも、わたしたちのように後に残されるのも、みな命には限りがあるものなのだ。さ、思い直して元気をだし、これからは夕顔の代わりに、わたしを頼りにするがよい」

と、頼もしく慰めてくださいますが、そのお口の下から、

「そうはいうものの、このわたしこそ本当は今にも死にそうな気がする」

と、おろおろおっしゃるのも、まことに頼りない話です。

わたくしたちが嘆き沈んでおります横で、惟光どのが、

「さあ、もう夜も明けてまいります。早くお帰りになりませんと」

と、おせかせ申しあげます。光君さまは仕方なく立ち上がったものの、幾度も幾度も名残惜しそうに振り返られながら、さっきよりなおいっそう、お苦しそう

に蹌踉《そうろう》と立ち去って行かれました。

その翌日、鳥辺野《とりべの》ではかない煙となって、お方さまの御魂《みたま》が大空に立ち上っていかれるのをお見送り申しあげたことの前後は、わたくしも正気を失っていたものか、夢の中の夢のように何事もおぼろおぼろして、ほとんど思い出すこともできません。

それからほどもなく、寄る辺もなくなったわたくしは、惟光どのに導かれて、光君さまのお邸《やしき》の二条院に引きとられたのでございました。

光君さまは、あれからずっと重い御病《おんやまい》にかかられ、枕も上がらない御有様でした。

まわりの人々や、宮中に対しては、外で思わぬ死の穢《けが》れにあわれたと話しておかれたようで、お見舞いの方々さえお断りになっていらっしゃいますので、お側には惟光どのばかりが伺候して、ひそひそと内緒ごとめいたお話を交わしていらっしゃいます。

不意に二条院に降って湧いたようなわたくしの立場を御案じくださってか、つとめて御身近くに呼びよせて召し使ってくださいます上、惟光どのも何かと気を配って力になってくださるので、自然、前々からの女房たちもわたくしをはばかり、大事に扱ってくれるようになりました。

わたくしはこちらに上がってから、夢にも考えられなかったような結構な身の上になったとはいえ、片時も忘れられないお方さまのことを思い、涙のかわく閑《ひま》もございません。あたりに人気のない時に、同じ想《おも》いの光君さまと、亡くなったお方への哀惜を語りあうことだけが、生きているあかしのような毎日でございました。

おなきがらと最後のお別れの後、光君さまが、あまりの悲しみのために、賀茂《かも》川《がわ》の堤のあたりで、馬の背からすべり落ちてしまわれ、

「こんな路上で、命を落とす運命かもしれない」

と、お嘆きあそばしたということなども、惟光どのから洩《も》れ承ったような次第でした。

「あんな困ったことはなかった。必死で観音を念じて、とにもかくにもお邸まで
お連れ申しあげたものの、こっちの命のほうが十年も縮んだかと思った」

と、惟光どのの述懐も、そうもあろうとうなずけます。

二条院の女房たちの間でも、

「いったい何が起こったのかしら、只事《ただごと》ではありませんよ。この幾月もの間、目に余るお忍び歩きの揚句、こんな御大病をあそばして、帝《みかど》にも大変な御心配をお

かけになっていらっしゃる御様子……」

「そうですよ。どこからか朝帰りなさって以来、どっと御病気になられたのに、その明けの日、またこっそり、たそがれから抜けだしてお忍びでお出ましになったでしょう。あんな無茶なことをなさるのは、何かが取り憑《つ》いているとしか考えられませんわ」

女房たちが寄るとさわると、光君さまのただならぬ御様子を噂《うわさ》しあうのを耳にするにつけ、何もかも知っているわたくしは、目もあげられない気がするのでした。

御祈禱《ごきとう》は寺々で間断なくなさり、帝のお心入れで、加持《かじ》祈禱もこの上なく重々しく執り行われていますが、光君さまの御容態は一向にはかばかしく御快復もいたしません。帝からのお見舞いのお使いは雨脚よりも絶え間《ま》なく訪れるのを見るにつけ、光君さまがどんなに帝の大切な御子《みこ》なのかと目の当たりに知らされて、勿体《もったい》ない極みでございます。

左大臣家でもたいそう御心配され、左大臣さまが御じきじき度々お見舞いになり、何くれとなくお指図あそばすのも、どんなにこの婿君を大切に思っていらっしゃるかがわかるのでした。

「最後に別れを告げにいった時、前の夜、かけてやったわたしの紅《くれない》の着物がそのまま、あの人のなきがらにかかっていたのが、今も目にちらついて夢にも見るのだよ」

と、わたくしだけにお洩らしになるのが、言いようもない悲しさを、また新しく誘いだします。

「不思議なほど短かったあの人の縁に引かされて、わたしも今にも死ぬように思う。長年頼りにしていた人を失って、そなたもさぞかし心細いだろうから、なんとかして長生きできたら、行く末長く面倒をみてやろうと思っていたのに、どうやらわたしも今にあの人の跡を追いそうな気がする」

と、しめやかにおっしゃって、見るからにはかなげにお泣きになるので、光君さままで、もしものことがあればと思うと、たまらなく不安になるのでした。

二十日余り重症だった御病気も、さすがに次第に快方に向かわれて御全快になられたのは、夕顔のお方さまがお亡くなりになって、おおかた四十日余りが過ぎた頃でございましたでしょうか。すっかり面《おも》やつれなさったところが、かえってお美しいのも、光君さまだからこそなのでございましょう。

そんなある夕暮れ、光君さまはわたくしをお近くに召されて、またしてもあのお方のことをしみじみ思い出されるのでした。

「それにしても、あの人は最後まで、素性を隠していたが、あれほど愛しあっていたのに、どうして水臭くしたのだろう」

「とんでもございません。そちらさまこそ、最初からずっとお顔さえ隠されて、御素性を秘密にしていらっしゃったではございませんか。どうも光君さまのように思うのだけれど、どうせ、気まぐれなお遊びのおつもりなので、お名も明かしてはくださらないのだろうと、淋しがり情けなく思っていらっしゃいました」

「つまらない意地をお互いに張ったものだ。わたしは全くそんなふうに隠しごとなどする気はなかったのだ。ただ、こんな、人にとがめられるような忍び歩きなどは、はじめての経験だったし、見つかれば帝はじめ、あちこちにはばかりの多い身分なので、うっかり冗談をいっても大げさになって、世間の取り沙汰がうるさい立場なのに、あの夕顔の花を見た夏の夕べから不思議に心にかかり忘れられなくなってしまった。それ以来、無理ばかり重ねて通いつづけたのも、所詮はこんなはかない別れをする運命が約束されていたせいだったのだろうか。こんな短い縁なのに、なぜ、ああも狂おしいほどあの人がいとしく思われたのだろう。さ、もっとくわしくあの人のことを話しておくれ。今更もう隠す必要もあるまい。名さえ知らずに、七日七日の回向《えこう》をしても、いったい誰に祈ってよいものやら」

と、おっしゃいます。わたくしも、はじめて、あのお方さまのお身の上をしみじみお話し申しあげたのでした。お父上の三位中将《さんみのちゅうじょう》さまのことから、頭中将《とうのちゅうじょう》さまとの御縁まで、つつみ隠さず申しあげたのです。

「生まれつきの御性質が、並々でないはにかみやで、人に自分の心の中の嘆きや悲しみを覗《のぞ》かれるのを、この上なく恥ずかしいことに思って、いつでも、つとめてさりげないふうに装い、お逢いしていたようでございました」

「そうだったのか。聞けば聞くほど、あの人が可哀《かわい》そうでいとしくてならない。そういえばいつかの梅雨《つゆ》の夜、御所の宿直《とのい》で、頭中将が、秘密の通い所の幼い子を、その子の母と共に行方不明にしてしまったと言っていたのが思い出される。もしかしたらそんな子もいたのか」

と訊《き》かれましたので、

「はい、実は一昨年《おととし》の春お生まれになりました女の御子で、それはもう可愛らしい御子で、頭中将さまは撫子《なでしこ》と呼ばれお可愛がりになっていらっしゃいました」

とお答えしました。

「それでその子はいったい今どこにいるのか。人には事情など知らせず、こっそりその子をここへ連れて来てはくれまいか。せめてあの人の形見として見られたら、どんなに嬉《うれ》しいだろう。本来なら頭中将に知らせてあげるべきだが、かえって私が逆恨みされそうに思う。どっちみち、両親のないその子を私が育てるのにさしつかえはあるまい。その子の面倒を見ている乳母などにも、深い事情は告げずに、なんとかとりつくろってこっそりここへ連れて来ておくれ」

などおっしゃるのも、真剣な御様子なのでした。

「もし、そうお願いできましたなら、どんなにありがたいことでしょう。姫君があのまま、あんな淋しい西《にし》の京《きょう》でお育ちになるのは、あんまりおいたわしいことでございますもの」

と、わたくしも光君さまのおやさしい御配慮をどんなに嬉しくありがたく思ったことでしょう。

たそがれのもの静かなひとととき、暮れてゆく空の色もしみじみとして、庭の草花もすがれ、虫の音《ね》も細くなり、紅葉《もみじ》がようやく色づいて、秋も深まる有様が、絵のように美しいのを眺めるにつけ、あのわびしい夕顔の宿のたたずまいが思い出されて、人の運命の変転が今更のように心にしみて思われるのでした。

竹藪《たけやぶ》の中から、家鳩《いえばと》がぐうっ、ぐうっと、太い声で気味悪く鳴くのが聞こえてきますと、光君さまが、

「あの恐ろしい院であの晩、やはり家鳩が鳴いていたっけ。あの人はあの声を気味悪がって、とても怯《おび》えて、わたしにしがみついていたものだった。そんな様子がほんとに少女めいて、あどけなくていとしかった。いったい、いくつになっていたのだろう」

とおっしゃいます。

「十九におなりになっていらっしゃいました。見るからに内気でおとなしいお方さまのお心を、わたくしは、この世で最も頼りにしてまいったのでございました」

「女はただやわらかくやさしくて、頼りなく見えるようなのがいじらしい。うっかりすると男にだまされそうに見えるような女が、さすがに慎み深くて恥ずかしそうに、恋人には一途《いちず》に従うというようなのが真実可愛くて、そういう内気で素直な女こそ、自分の思いのままに教育してみたら、いっそう情が深まっていくのではないだろうか」

などおっしゃるのを聞くにつけ、

「ほんとにその通りの御性質のお方さまでしたのに」

と、口惜《くや》しくなって、またもや涙にくれてしまうのでした。

光君さまは、暮れきろうとする空の気色《けしき》をいっそうしみじみ仰がれて、

「あの人のなきがらが煙になって上っていったところと思えば、夕べの空もひときわなつかしく思われる」

と、ひとりごとのようにつぶやかれて、いつものように涙ぐまれるのでした。

わたくしはもう、言葉も出ないで、ああ、ここに夕顔のお方さまが、並んで坐《すわ》っ

ていらっしゃったなら……と思うだけでも、胸がいっぱいになってしまうのでした。

「あそこでは、砧《きぬた》の音がよく枕元に聞こえてきたものだった」

さっきよりもっとひとりごとめいた低いお声で、光君さまはつぶやかれていらっしゃいます。

自分だけが、こんな結構な暮らしをさせていただいてと思うにつけ、わたくしは五条の宿に残された人々のことを忘れた日もありませんでした。突然、行方不明になったお方さまのことを、どんなにかみんなで案じているだろうかと思うだけで、胸が切なくなってまいります。ただひとり様子を知っているはずのわたくしまで、あの夜以来、地にもぐったように手がかりもなく消えたっきりになっているのですから、あそこの人々は、どんなに不気味に恐れていることでしょう。

通ってきていた方をどうやら光君さまらしいという憶測は、それとなくし合っていたので、かえって、わけがわからなくなっていることでしょう。

ある日、惟光どのが、わたくしの顔を見て、頭をかきかき言いました。

「いやもう、今日は困ってしまった。五条の家を出がけに、夕顔の宿のかかわりのある女につかまって、うんととっちめられてきましたよ。何しろ、わたしが光君さまを手引きする時、利用した女なので、夕顔のお方さまの行方を知らないはずはないと責めるのです。全く知らないとしらをきり通して、ほうほうの態《てい》で逃げてきたけれど、当分あっちのほうへは行かれないな」

「わたくしのことを何か言ってませんでしたか」

「もちろん、言っていた。おひとりならともかく、右近がついていて、なんの連絡もないのはよくよく恐ろしい目にあわれたのだ。右近は機転のきく女だから、どんな事情の中でも、使いくらいよこすはずだ。今まで杳《よう》としてわからないのは、もしかしたら右近は死んでしまったのだろうかなど、噂し合っているようですよ」

「ほんとに、わたくしとしたことが……」

「いや、いや、それも、一応は言いくるめてきました。あっちの女房の誰かが、ひょっとしたら受領《ずりよう》の息子あたりが、お方さまに懸想《けそう》していて、頭中将さまとの御関係もすべて心得ていて、頭中将さまにはばかって、こっそり国元へ連れていってお隠ししているのではないだろうかなど言いだしたようなので、たぶんそれくらいだろうと、言っておきました」

そんなことを聞いただけで、わたくしは身の置きどころもないくらい気がもめます。まあ、あそこの人たちは、どんなにわたくしを頼りにならない人間だと恨んでいることだろうと察しられます。でも今となっては、光君さまの御名を出すわけにもいかないし、御迷惑を及ぼしたくないので、訪ねていくわけにもまいりません。

あれこれひとり思い悩むうちに、月日だけはおこたりなく過ぎていきます。光君さまのお側近くにお仕えするのが重なるにつれ、光君さまのお通い所や忍び歩きのお相手が、おひとりやおふたりでないことも、次第にわかってまいりました。

わたくし同様、特にお目をかけて可愛がっていらっしゃる小君《こぎみ》という可愛らしい少年が、時々、文使《ふみつか》いをさせられている様子も見えます。

女房たちの噂話では、御正妻の葵《あおいの》上《うえ》さまとは、はじめから相性がお悪く、左大臣家では、なにくれとお気をもまれて、これ以上のことはできまいと思われるほど、お世話申しあげているのに、一向に左大臣家には落ち着かれないのだとか。

また六条の辺りの前《さき》の東宮《とうぐう》の御息所《みやすどころ》さまは、浮気な気まぐれのお通い所とは別格で、もう世間では誰もが知っている深い縁のお仲だとか……、女房の中にも、お手のついた人たちが、何人かいる様子もわかってまいります。一時は、わたくしをあまり特別になさるので、わたくしまでそのひとりに数えられていた様子でございました。それだけは、わたくしの身の処し方で、どうやら濡衣《ぬれぎぬ》も晴れた様子なので、ほっといたしました。

けれども、あのわたくしが悪夢のように耳にしてしまった秘密だけは、まだどなたも気がついてはいない様子で、惟光どのさえ、どうやら、そのことはご存じない様子……、やはりあれはわたくしが見た悪夢の一こまであったのかもしれません。

それにつけても、そんなに多情でいらっしゃる光君さまが、夕顔のお方さまにばかりは、お命も落としかねないほど、心身を賭けて愛慕してくださっていることが、薄幸だったお方さまへのせめてもの回向でしょうか。

もしお方さまが長らえていらっしゃったとしたら、あの深いお情けが、自然のままで続いたでしょうか。多くの方々としのぎを削って光君さまの愛をかちとろうなど、とてもおできになれない御性質なのですから、また、頭中将さまの時と同じように、御自分からこっそり、身をひいておしまいになるのが運命だったかもしれません。

それならば、あんなはかないお隠れようをなさったことが、かえって光君さまのお心に永遠の俤《おもかげ》を、熱愛の極みのままに刻みつけられて、お幸せだったといえましょうか。

他のどなたでもない夕顔のお方さまひとりのために、今宵《こよい》も涙ぐまれ、ため息をおつきになっていらっしゃる光君さまをお見かけするにつけ、早く死なれてよかったなど、空恐ろしいことを、ふっと考えたりしているのでございました。

それにしても、恋しいなつかしいお方さま。せめて光君さまとわたくしの夢の中に、もっとしばしばお姿をお見せくださいますように。

かがやく日の宮

かがやくひのみや

藤壺《ふじつぼ》の侍女弁《べん》の君《きみ》のかたる

わたくしは藤壺《ふじつぼの》中宮《ちゆうぐう》さまにお仕えしてまいりました弁《べん》と呼ばれる女房でございます。わたくしの母が中宮さまにお乳をさしあげました関係から、中宮さまは格別にわたくしのような者にもお目をおかけくださいまして、幼い頃からお遊び相手にお選びくださり、常にお側《そば》近くにお仕えしてまいりました。乳母子《めのとご》と申しましても、ほとんど乳姉妹の御主人さまのお顔も拝せない立場で終わる者が多い中に、わたくしのように貴いお方さまのお側近くお仕えし、誰よりも身近にお心をお許しくださってお召し使いいただけたのは、ただならぬ前世の縁があったからとしか思われません。

中宮さまは御在位のままお崩《かく》れあそばした先帝《せんだい》の四の宮でいらっしゃいました。お小さい時から、それはもうお美しく御聡明《ごそうめい》で、御母后《おんははきさき》さまは、どの皇子《みこ》さまや内親王さまよりも御鍾愛《ごしょうあい》あそばし、それはもう掌中の珠《たま》さながらにおいつくしみになっていらっしゃいました。御父帝《おんちちみかど》のお顔も御記憶のない宿世《すくせ》をいとしがられ、いっそうおいつくしみが増されたのでございましょう。御母后さまが先帝なき後、御出家を思いとどまられましたのも、幼い姫宮さまの御身を御案じあそばしたからだと、母が申しておりました。

ひっそりとしたお暮らしではあったものの、姫宮さまが十三の秋まで、おだやかな年月がすぎました。わたくしは幼名のなずなという名でお邸《やしき》では呼ばれ、姫宮さまが、琴をお習いになったり、お手習いをなさる時も、片時もお側を去らないでお仕え申しておりました。あの頃はまあ、なんと無邪気で物想《ものおも》いもないなつかしい頃だったでしょう。

姫宮さまとわたくしは同い年の生まれですが、わたくしが二か月早く生まれております。それでも万事がすぐれていらっしゃる姫宮さまの前では、わたくしは二つも三つも年少のようにたあいもない有様でした。女のしるしを見ましたのも、姫宮さまは十三の春の花盛りのことでしたが、わたくしはそれから二年もおくれて訪れるような晩生《おくて》でございました。

下着のお着替えのお手伝いから、お湯殿でのお世話までわたくしがするようになっておりましたので、姫宮さまのお軀《からだ》のすみずみまで拝することができました。

同じ女の身と生まれながら、こうもちがうものかと、わが身に引きくらべ、わたくしはいつも深い感嘆の息を抑えることができませんでした。

日頃は梨の花のような純白なお肌が、お湯殿では桃の花が露に濡《ぬ》れたように、ほのぼのと薄紅《うすくれない》に染めあげられるのです。お顔がお小さく、お手やおみ足がそれはきゃしゃでほっそりとしていらっしゃいますのに、お召物を脱がれたお躯は、思いの外に肉づきがよく、お乳などは掌《て》にたっぷりとあまり、千尋《ちひろ》も深い海の底に竜王がかくし持っている真珠《まだま》とはこういう色かと思うほど、目もまばゆく輝いて見えるのでした。桜の葩《はなびら》を押しあてたような乳首の可愛《かわい》らしさは、女のわたくしでさえ、つい指をのばして触らせていただきたくなるような可憐《かれん》さです。

お髪《ぐし》の長さとその艶《つや》やかさは、かぐや姫でも及ぶまいと想像されます。一本のお髪が一枚の檀紙《だんし》（和紙の一種）をくろぐろと埋めたという高貴のお姫さまの話が伝わっておりますが、ある日、たわむれに姫宮さまが御自分のお髪を一筋檀紙に置かれましたら、墨を流したようにたちまち檀紙がうずまったばかりか、その下にしいた畳紙《たとうがみ》（懐紙）の上にまであふれ出たのでございます。

姫宮さまのお美しさは、どこからどう伝わるのか、御兄上の宮様方のお友達の上達部《かんだちめ》たちから、降るように恋文が届けられるようになっておりました。それらは御母后さまや頭《かしら》だった女房の手で処理されてしまい、姫宮さまのお目にはほとんど触れてもいませんでした。

あれは姫宮さまが女のしるしを見られた年の中秋《ちゅうしゅう》の頃だったと覚えております。

めったに客人の訪れることもないひっそりとしたお邸に、御所からのお使いの御車が止まりました。帝にお仕えする典侍《ないしのすけ》で、先帝の御代《みよ》から御所にお仕えしていて、御母后さまとも話が合い、時々は御機嫌伺いに顔を見せてくれる人でした。

いつになく、その日は格式ばった訪れ方で、女房たちも出揃《でそろ》ってうやうやしくお出迎えいたしました。今日は私用ではなく、帝のお使者としてまいられたからだと、女房のひとりが耳打ちしてくれました。典侍は人払いをさせた上で、いつもより長く御母后さまとお話をなさってから、帰っていきました。

その夜、わたくしが火桶《ひおけ》の火を運んでまいりましたら、御母后さまと母がふたりきりで話しこんでいる声が、廊下の外に聞こえてきました。立ち聞きするともなくその話をわたくしは聞いてしまったのです。

「それでは、典侍の御用向きは、姫宮さまを入内《じゅだい》させよということだったのでございますか」

気丈な母の声がいつになく震えています。

「そういうことでした。ああ怖い話だことと、思わずわたしは言ってしまいました。だって、弘徽殿女御《こきでんのにょうご》さまがたいそうなやきもちやきで、嫉妬のあまり、目に余る意地悪をなさって、おとなしい桐壺更衣《きりつぼのこうい》がいじめ殺されてしまったというではありませんか。そんな恐ろしい御所にどうして姫をやれましょう」

「さようでございますね。帝は桐壺更衣さまでなければ夜も日もないという御執心ぶりで、たくさんの女御・更衣の方々から、いっせいに怨《うら》みをお受けになったと、あの当時から、それはもうたいへんな噂《うわさ》でございました。更衣さまがお亡くなりになったのは光君《ひかるのきみ》さまがたしか三歳の時でございました」

「そうそう、あれからもう数年もすぎてしまったのだね。月日のたつのはほんとにはやいこと。先帝のお崩《かく》れになったのも姫の三つの時でした。後宮《こうきゅう》にはわたくしもいただけに、姫には入内などすすめたくない。帝の寵《ちょう》をいただけば、嫉《ねた》まれるし、かえりみられないと生涯、女の命を生き埋めにされるようなものです。権争と陰謀のるつぼで、心安まるところではない。帝が、あれほど御寵愛の光君さまを、御後見《おんうしろみ》がないからと、思いきって臣下にされ源氏《げんじ》姓を賜ったのはさすがの御英断でした。姫と光君さまはいくつちがいかしら」

「五つ、姫宮さまがお年上でございます」

「五つねえ。いっそ光君さまがもっと成長なさった暁、姫と結婚してくれるなら、考えようもあるけれど」

「でも光君さまにも弘徽殿女御さまの強い憎しみがかかっていて、おいたわしいとの噂でございます」

「おお怖《こわ》、怖……。この話はきっぱりとなかったこととしましょう」

わたくしは聞いてしまった話の重大さにさすがにおびえて、何ひとつ隠しごとをしなかった姫宮さまにもその話は言わずにしまったのです。

姫宮さまを帝が御所望なさったのは、姫宮さまが亡き桐壺更衣に他人の空似《そらに》とはいえ、全く瓜二つ《うりふた》のように似ていらっしゃったからだと洩《も》れ承っております。もちろん、姫宮さまを親しく御覧になっていた典侍がおすすめしたことでしたが。

断られると、かえって想《おも》いがつのるのは身分の上下にかかわらぬ人の煩悩のようです。帝はかえって姫宮さまに想いをかけられて、しきりに典侍がお使いに来るようになりました。

決心がつかないままに、ふとした風邪《かぜ》が原因になり、御母后さまが、思いもかけずはかなくなっておしまいになりました。姫宮十六歳の秋の暮れの頃でございました。

それからはいっそう心細い淋《さび》しいお身の上になった姫宮さまをお案じして、御後見の御親類のお歴々や、御兄宮たちの意見として、四の姫宮をいっそ御所にさ

しあげたらという御意向がまとまったようでございます。帝は、

「私の女御子《おんなみこ》たちと同じように遇するから」

と、しきりにおすすめになったと洩れ承っております。

そうしてついに、四の姫宮の御参内《ごさんだい》が決まったのでした。

桐壺更衣さまがお亡くなりになってこのかた、どなたをも振り返ろうとされず、鬱々とされていた帝は、四の姫宮をお迎えになるなり、噂にたがわぬ美しさと、何よりもそのお顔立ちから、ふとした動作や表情まで、あまりに亡きお方に生きうつしの姫宮にすっかりお心を奪われておしまいになりました。かつて桐壺更衣にそうされたように、片時もお側を離さない御寵愛ぶりでしたが、更衣の時とはちがい、こちらは御身分が申し分なく高貴でいらっしゃるので、口うるさい後宮でもとやかく申しあげたり、おとしめるようなこともできず、帝も誰はばからず御愛情を惜しみなくそそがれるのでした。

藤壺女御と申しあげ、誰いうとなく光君さまと並べ奉って、藤壺女御さまのことをかがやく日《ひ》の宮《みや》とお呼びするようになっていました。

わたくしは引きつづき藤壺女御さま付きの女房として、御所にも上がり、最もお身近に侍《はべ》っておりました。帝と女御さまの御寝所にも御帳台《みちょうだい》近くに侍っておりますので、帝がどれほど藤壺女御さまを宝物のように御寵愛あそばされるか、

すべてこの耳で伺い知っておりました。御父帝のお顔も覚えていらっしゃらない女御さまは、御父帝とさほどお年のちがわない帝の頼もしさとおやさしさにすっかりなつかれ、まるで真《まこと》の女御子のようにお慕いし甘えていらっしゃる御様子です。

光君さまはまだ十一歳になられたばかりでしたが、そのお美しさは、噂に伝え聞いていたどころではなく、わたくしなどは、最初の頃はお顔を拝するのもまばゆいように思われ、目を伏せずにはいられませんでした。

帝がこの上もなくお可愛がりになって、御幼少の時から、弘徽殿はじめ、他のお妃《きさき》さまの御局《みつぼね》へも、連れておいでになる習慣でしたので、藤壺女御さまがいらっしゃっても、自由に帝とおふたりの御座近くへいらっしゃいます。

他の妃たちの誰よりもお若い女御さまを、可愛らしい目つきでじっと御覧になり、

「亡くなった母上のお顔も覚えていないのだけれど、みんなが藤壺女御さまにそっくりだと話してくれるので、前々からとてもお逢《あ》いしたかったのです。わたくしの母上もこんなに美しくて若い人だったのですね。ああ嬉《うれ》しい」

など、面と向かっておっしゃるのは、やはりまだ子供らしくて、なんとも可愛らしいのです。女御さまは、光君さまにさえ、さも恥ずかしそうに扇のかげに顔

を隠されたり、御几帳《みきちょう》の中に逃げこまれたりなさるのが、これまた初々しくお可愛らしい極みでございました。

帝はおふたりを優劣なく御寵愛になり、

「この子をうるさがらないでやってください。なぜかあなたが、この子の亡くなった母のように思われるのです。この子もそう思ってあなたになつき慕いきっているようです。どうか可愛がってやってください。顔つきや目もとなど、この子は気味の悪いほど母親似なのです。だからあなたと並ぶとまるでほんとの母子のように見えても不似合いではないのです」

など、お取りなしになるので、光君さまはいっそう女御さまをお慕いして、幼心にも、ちょっとした春の花や秋の紅葉《もみじ》の折につけても心をこめたお便りなどつけ、お気に入られようとなさるのも、いじらしいのでした。

弘徽殿女御さまは、また藤壺女御さまにも嫉妬してお仲がよくないところへ、光君さまにも、昔の更衣さまへの憎しみがよみがえり加わって、小憎らしいと不快にお思いになっていられるようでした。

帝は母子とおっしゃいましたが、お若い藤壺女御さまと光君さまがお並びになると、誰の目にも美しい姉弟のように拝されるのでした。当然、藤壺女御さまも、光君さまをいとしく思っていらっしゃいました。

十六歳で入内なさった藤壺女御さまが十七歳になられ、光君さまが十二歳になられた時、光君さまは元服なさいました。みずらの髪型の童姿《わらわすがた》がこの上もなく可愛らしかったので、帝はいつまでもそのままでいさせたいと藤壺女御さまなどにはお洩らしになっていらっしゃいましたが、やはり元服は避けがたいことでした。

ところがお髪をお殺《そ》ぎになり、装束を改めて光君さまが帝の御前に進み拝舞されたのを御覧になり、帝をはじめ並み居る上達部《かんだちめ》たちは、思わず感嘆のため息を洩らし、中には感激のあまり涙をとどめ得ない者もあるくらいでした。

まあ、その美しいことといったら……。こんな初々しい年頃では、元服すると、だいたい、御器量が見劣りするのが常なのに、この君ばかりは、上品で雅《みやび》やかになられ、凜々《りり》しさが加わって、鬼神も魅入られそうな凄絶《せいぜつ》な美しさでした。

わたくしはその時も、藤壺女御さまの最も近くにひかえて侍っておりましたので、光君さまが拝舞してお顔をあげられ、玉座のほうを恭しく見つめられた時、はっと思いました。光君さまのおまなざしは、帝ではなく、まっすぐ、射るように、帝の隣にいらっしゃる藤壺女御さまのお顔にそそがれていたのです。その瞬間、藤壺女御さまがあるかないかの気配で、

「ああ」

と、ため息を洩らされたのを、わたくしは感じてしまいました。喜びの涙でお目をうるませた帝は、お気づきにならなかったかもしれません。その瞬間、藤壺女御さまの梨の花のようなお顔が、お湯殿で仰ぐように、薄紅に染めあげられました。

光君さまの切れ長のお目にも涙が光っておりましたが、その凜々しい御表情は、もう昨日までの少年のものではなく、大人びた色気が匂い、女ならば思わず恥ずかしくて目を伏せたいような甘い雰囲気を持っていらっしゃいました。

その日のうちに、加冠《かかん》の役を果たした左大臣の姫君葵《あおいのうえ》上さまとの御婚礼が執り行われたのでした。「元服と同時に添臥《そいぶし》を」とおすすめになったのは、帝の御意向と洩れ承っております。

その夜は、帝は弘徽殿女御さまを御寝所に召されました。藤壺女御さまがその朝から月の障《さわ》りに入られたこともありますが、何か公事《おおやけごと》のお式のある日は、帝は弘徽殿女御さまを召され、日頃の女御さまの不満をなだめ、女御さまの面目もお立てになるというお心配りをなさるような癖がおありでした。

夜のお閨《ねや》のお勤めのない時は、女房たちも気が安まり、早々と休ませていただきます。わたくしはひとり御几帳の中に呼ばれ、藤壺女御さまのお軀をおもみ申しあげておりました。ふたりきりのこういう時間には、女御さまは昔の少女時代にかえった口調で、心の紐《ひも》を解かれ、親しくわたくしにお話ししてくださるのでした。なんといっても気苦労の多い内裏《うち》の暮らしは、お心もお軀も時々もみほぐさないと、石のように凝り固まるかと思われます。

いつになく、黙りこんで横になっていらっしゃった女御さまが、ふっと、ひとりごとのようにつぶやかれました。

「左大臣家の姫君はおいくつだったかしら」

わたくしはとっさになんのことを訊《き》かれたかわからず、

「葵上さまのことでございますか」

と問い返しました。

「そう……光君さまの添臥になられた姫君のこと……」

「たしか、十六におなりだと伺っております。光君さまよりは四歳お年上だそうですから」

「……わたくしと葵上さまはひとつしかちがわないのね」

わたくしがお撫《な》で申している掌の下で、女御さまのやわらかなお軀がさっと熱を持つのが感じられました。

「お美しい方でしょうね。お兄さまの少将《しょうしょう》さまもあのような美男でいらっしゃるのだから……」

「どうでございましょうか、さきほど、典侍さまたちがちらと話しあっていられましたが、なんでも弘徽殿女御さまが今度の御婚礼にたいそう御不満なのだそうです」

「まあ、どうして」

「東宮《とうぐう》がお立ちになった時、東宮妃として葵上さまを御所望なさったのを、左大臣がお断りして、光君さまに葵上さまをさしあげたということです」

「まあ、知らなかったわ」

「弘徽殿女御さまは、もしかしたら光君さまが御自分のお産みになった一の宮をさしおいて東宮に立たれるのではないかと、それは御心配していられたそうです。帝は公正なお方でございますから、東宮には一の宮をお立てになりました。それでも弘徽殿女御さまは、まだ何かにつけ光君さまを目の敵《かたき》にしていらっしゃるのですもの、今夜の御婚礼が御不満なのもお察しできますわ」

「なずなは、すっかり内裏の裏表に通じてしまったのね」

「まあ、だって女御さまにお話しする義務がありますもの」

わたくしの掌の下で、また女御さまの肌が熱く火照ってくるようでした。

「なずな、今日の光君さまは怖いほど美しかったと思わない」

「ええ、もう、目がつぶれるかと思いました。光君さまは今日の晴れ姿を女御さまに御覧いただきたかったのでしょうね」

「あら、どうして」

「拝舞のあとで、じっと、女御さまのお顔を見つめておいでてでしたもの」

「ちがいます」

突然、女御さまが高い声をお出しになりました。

「ちがいますとも、あれは帝のほうを見つめていらしたのよ。そうですとも」

わたくしはもう何も申しあげませんでした。子供の頃から、一緒に育ったわたくしには、今夜、藤壺女御さまのお胸のうちに何が去来しているのか、鏡に映すようにわかっていたからです。その夜は暁方まで藤壺女御さまは転々と寝返りを打たれ、なかなかお眠りになれない御様子でした。

元服された後の光君さまは、相変わらず帝が始終お召し寄せになるので宮中暮らしのほうが多く、左大臣家に落ち着かれる日も少ないようでした。

さすがに、帝は元服後の光君さまを、一人前の成人男子とみなされ、もうこれまでのようにお親しく御簾《みす》の内へお入れになるようなことはなさいません。これまでより、光君さまと藤壺女御さまはお逢いになることが少なくなりました。女御さまのほうでも、御結婚なさった光君さまに、つとめて気を置かれて、以前にもましてお顔を隠すようになったので、光君さまがじれて、そわそわしていらっしゃるのがわたくしにはよくわかるのでした。

もう誰がなんといっても、光君さまが藤壺女御さまに切ない道ならぬ恋心を燃やしていらっしゃることは隠せませんでした。他の者ならばいざ知らず、常に藤壺女御さまのお側から離れたことのないわたくしには、おふたりの表情のかすかな動きも見逃すことがないのでした。

光君さまの恋が片恋とはいえないと思います。光君さまの切ない恋心を、藤壺女御さまは誰よりも早くから察していらっしゃるようでした。いえ、むしろ、その恋を、実は迎え入れていらっしゃるようにお見受けしました。けれども帝の御寵愛を想い、継母《ままはは》という立場を考えて、藤壺女御さまは、決してこの恋を現実に成就させてはならぬと、御自分の心を戒めていらっしゃったのです。

その想いを誰にも、光君さまはおろか、帝にも身近な女房たちにもけどられてはならぬと、いじらしいほど気を張りつめていらっしゃいました。

御所に五日居つづければ、左大臣家には二、三日しか泊まらないというような光君さまの振舞いに、早くも世間の目は光っております。

「左大臣家の葵上さまは、それは端正にお美しいお方だけれど、もうひとつ御愛《ごあい》嬌《きよう》に欠けていらっしゃるようよ。光君さまとは、お気が合わなくて、光君さまはちっとも左大臣家にお寄りつきにならないんですって」

「まだ、光君さまはお若くて子供っぽいからと、左大臣は大目に見て、いっそうまめまめしく光君さまにかしずいていらっしゃるようだけれど、光君さまはほとんど内裏に居つづけですものね」

「どなたかお目あての女房でもおありなのかしら」

「さあ、案外、思いもかけないところにいらっしゃるのかもしれないわね」

女房たちのなにげない会話にも、わたくしはびくりと震え上がります。まだお互いのお胸のうちだけに燃えくすぶっている恋なのに、万が一にも人の口の端《は》に上り、はしたない噂でも立てば、藤壺女御さまは、たちまちお身の破滅を招きます。事あらばと、虎視《こし》眈々《たんたん》と狙っている弘徽殿女御さまの罠《わな》の中に自ら飛び込むようなものです。わたくしは、切ない若いおふたりの恋を叶《かな》えてさしあげたいと思う一方、どんなことがあっても、その危険から身をもってお護《まも》りしなければと、軀が震えるような怖さを覚えもするのでした。

御所では桐壺の局をそのまま光君さまのお部屋として帝からいただき、更衣さまの居《お》られた頃からの女房たちが居残って、光君さまに献身的にお仕えになっています。

元服なさって五年あまりもすぎた頃でしょうか、光君さまがお年のお若さにも似ず、高貴な女人の許《もと》に足しげく通いつづけられているという噂が、風が花びらをまきちらすように、世間にさっと広まり、わたくしたちの耳にまで聞こえてくるようになりました。

誰がお耳にいれたのか、ある夜、帝が他のお方を夜のお閨のお相手になさった時のことでした。風邪気味だと早くからお床につかれた女御さまが、わたくしのお運びした薬湯には手もふれず、おっしゃったのです。

「なずな、光君さまが、この頃お通いになっていらっしゃるお方がどなたか知っていますか」

わたくしは、申しあげてよいものやら、悪いものやら、迷ってどぎまぎしてしまいました。

「知っているのね。そんなに噂は広まっているのですか」

「女御さまこそ、どうしてご存じなのですか」

「あの方のことなら、帝がどんな小さなことでも、逐一話してくださるのだもの、今度のことだって、たぶん、もうすぐ帝のお口から聞かせていただけるでしょう。でもわたくしは昨夜、それを聞いてしまったのです」

「いったい、どんなお喋《しゃべ》りが申しましたことやら」

「いいえ、その女房たちは、わたくしが庭の木立の中で星を見ていたのを知らずに、話していたのです。他愛《たわい》のないいつものお喋りだもの、ただその話がいきなり六条御息所《ろくじようのみやすどころ》とあのお方のかかわりになったものだから」

「さようでございます。実はわたくしもつい最近聞いたことですが、六条御息所さまは亡くなられた東宮のお妃であられた貴い御身分で、当代での一、二といわれる御器量と御趣味のお方と承っております。六条のお邸は、若い公達《きんだち》がたが毎夜のように集まって、音楽の会や、詩の会を開いていらっしゃるとか、みんな御息所のたぐい稀《まれ》な魅力のとりこになっているとか申します。そのお仲間にいつのまにか光君さまがお入りになり、更にまたいつとはなく、光君さまはお仲間をだしぬいて、おひとりでお通いになるようになったと申します。

御息所さまは気位のお高い御聡明なお方でしたから、そんなに軽々しいことはなさるはずがないのに、やはり、光君さまの魅力にはお負けになってしまったのかと、世間ではもっぱら噂しております」

「わたくしも一度だけ、帝のところへ御挨拶に見えた時、御息所にお逢いしました。ほんとうに何もかも見習いたいくらい優雅で華やかで女のわたくしでさえうっとりするくらいお美しい方でした。光君さまがお心惹《ひ》かれるのも無理はありません」

お言葉とは別に、藤壺女御さまは、お胸でも痛まれるのか、不意にお軀を海老《えび》のように曲げて、苦しまれました。おどろいてわたくしが御介抱申しあげましたが、汗が湯のように流れ、全身がお熱でけいれんして、そのくせ手足の先は冷たく、もしやこのまま息絶えておしまいになるのかと不安になりました。

「しっかりあそばしてください。女御さま、お気をたしかに持ってください」

わたくしが大声をあげたものですから、お気に入りの王命婦《おうみようぶ》が飛んで来ました。

王命婦が手馴《てな》れた扱いで女御さまの衣類の紐を解き、お楽にさせて、お薬湯を無理にお咽喉《のど》にそそぎこんだため、しばらくして女御さまの御様子も平常にかえられました。

「女には血の道の病があります。女御さまはのぼせやすい御体質だから、弁の君ももっと気をつけてさしあげてください」

王命婦は、気配りのきく人で、こまやかな心遣いができるので若い女房たちからも頼りにされていますが、若い時から恋の噂の多い人だといわれて、年輩の女房たちからは、嫉妬まじりになんとなく軽んじられているような面がありました。

女御さまがようやくお寝《やす》みになった後、王命婦がしきりにわたくしに、女御さまが発作を起こされる前にどんなお話をしていたのかと問いつめました。わたくしがつい、六条御息所と光君さまのお噂だと言いましたら、

「ああ、やっぱり……」

とうなずいて、

「光君さまはね、本当は六条御息所などに恋をしていらっしゃるわけではないのですよ」

といって愕《おどろ》かせました。それから王命婦が話してくれたことは、わたくしにとってはまるで物語を読み聞かされているような気持でした。

光君さまは、幼い頃から、母君に似ているという藤壺女御さまに憧れ、身近にそのお方に接するにつれ、ますます憧れ慕うお気持がつのり、あのようなお方こそ理想の女性と思いきめておしまいになったというのです。憧れは切ない恋に育ち、それが道ならぬ恋であるだけにいっそう炎は消しがたくなったとか……。

「恋とは、障害があるほど強くなるものなんですよ。禁じられた恋ほど、恋の醍《だい》醐《ご》味《み》は深いのです。光君さまは、もう引く手あまたで、どんな女だって向こうからなびいてきます。そんな女には興味がおありにならないのです。面倒な屈折した恋ほどあのお方は心を動かされるのです。六条御息所は、高貴な御身分という点でも、教養という点でも、美貌の点でも、藤壺女御さまに匹敵なさる当代稀な才媛でいらっしゃいます。そして、気位がお高くて、お邸に群れ集まってくる公達の憧れの的でいらしても、決して、浮いた噂ひとつたてさせない お方でした。光君さまさえ、はじめは子供扱いしてからかわれていたくらいだそうです。そのため光君さまが、かえって意地になって御息所に通いつめられたのでしょう。恋の上手は、みんな自分から恋に酔ったと思いこみ、そんな演技をするうちに、いつか本当の恋になっていくという順序をとります。

光君さまも天性の恋の上手です。あのお方にかかれば、女はどんな頑丈な心の鍵もつい渡してしまいたくなります。

光君さまをからかうつもりでいた御息所が、いつか本気の恋に落ち、あれほど守り抜いた操《みさお》を、惜しげもなく捨てておしまいになったのも、恋の不思議であり、光君さまの持って生まれた魅力のせいなのでしょう。そしてそれを知って、藤壺女御さまが、こんなにお悩みになるのも、恋の不思議のなせるわざです」

「女御さまが光君さまに恋を……」

「しいっ、これはたといわたしたちが八つ裂きの刑にあっても口外してはなりません。女御さまも人間です、女です。お父上のような帝の深い愛をありがたく思っていながら、目もうるむような若々しい光君さまに惹かれるお心があっても、誰がとがめられましょう。わたしたちにできることは、身を殺しても女御さまを護り、女御さまのお悩みをお救いすることです」

「お悩みをお救いするって」

「女御さまのお胸の石のように重いしこりをとかしておあげすることです」

「そんな恐ろしいことが……」

「おや、弁の君は利発だねえ。わかっておいでじゃないか」

「いいえ、何も」

王命婦は、三十六という年に似合わぬ若々しい口許で笑みこぼれ、わたくしの頬を指さきでついと突いて言うのでした。

「いいのよ、みんなわかっています。あなただって、光君さまの夢を見て眠れない夜もあるのでしょう。若い娘なら誰だってそうなんだから」

「あら、わたくしはちがいます」

あわてて打ち消しても、王命婦は薄ら笑いをしてひとりでうなずいているのです。

どんな話合いだったか、その後でわたくしは王命婦から、ふたりだけで力を合わせ、藤壺女御さまと光君さまの恋の使いをするという約束を、夢の中のようにさせられてしまったのでした。

それが、どんなに恐ろしい事件の発端になるのか、あるいはまた、人の運命をどのように思いがけなく変えてしまうのかさえ、露ほども想像できないままに。

藤壺

★

ふじつぼ

藤壺《ふじつぼ》の侍女弁《べん》の君《きみ》のかたる

はじめて光君《ひかるのきみ》さまと藤壺女御《ふじつぼのにょうご》さまが密会していらっしゃるのを、この世の事とも思えず目にしてしまったのは、いつのことだったでしょう。たしか女御さまが二十三歳になられた正月のことでした。格別に寒い冬で、悪い風邪《かぜ》がはやり女御さまもしきりに出る咳《せき》が止まらなくなり、久々で三条のお里に下がられました。

帝《みかど》は片時も女御さまをお離しにならないので、今度もなかなかお許しが出なかったのですが、ようやく帰られたら、嘘《うそ》のように咳が止まってしまったのです。それでもさすがに久々でのお里帰りはお心がなごまれるのか、すぐには宮中にも引き返さず、のどかにお過ごしになっていられました。まるで女御さまのお風邪をわたくしが身代わりに頂戴したように、三条のお邸《やしき》でわたくしが珍しく寝ついてしまいました。

そんな頃のある朝でした。夜更けてから降りだした雪が一晩じゅうしんしんと降りつもり、物の音のすべてを吸いとって、不気味なほど静かな未明でした。女御さまからいただいた煎《せん》じ薬がきいたのか、目が覚めるとすっきり頭も咽喉《のど》も拭ったようになっていたので、わたくしは早々と起きだし、常よりたっぷり炭をおこし、女御さまの御寝所へ運んでまいりました。

まだ有明《ありあけ》の月が西の空に白く残っていて、夜は明けきってはいないのに、雪あかりで前栽《せんざい》のあたりはまばゆいほどです。冷たい廊下を渡り、女御さまのお部屋のほうへ曲がろうとした時、中から王命婦《おうみようぶ》が足音を忍ばせて出て来ました。思わず声をかけようとした時、つづいてもうひとり蘇芳色《すおういろ》の袿《うちき》を頭からかぶった人影が追うように出てきました。ふたりはとっさに渡殿《わたどの》の隅に身を隠したわたくしには気づかず、反対側の廊下に出て、人の通らない裏庭のほうへ消えてゆきました。そのあたりに残された香《かぐ》わしい匂い……、袿をかぶった人がどなたであったか、わたくしにもはっと思い当たります。でも、こんなことがあっていいものでしょうか。もしこのことが帝に知れたら……と思うと、わたくしは恐ろしさに、肌に粟《あわ》だつものが湧くようで、寒さのためではなく、全身がこきざみに震えてきました。

すぐ王命婦が、からげた裾を雪ですっかり湿らせてもどってきました。小脇にさっきの桂をかかえています。今度は向こうからわたくしを認め、はっと顔色をかえました。

「見たのね」

わたくしは黙って歯を鳴らせながらうなずきました。

「他言をしたら、一緒に死んでもらいます」

その日は女御さまは、御気分がすぐれないということで、お食事も召し上がらず、夕方まで誰にもお顔をお合わせになりませんでした。王命婦だけがお側《そば》にお付きして、わたくしも、また風邪をおうつししてはいけないからと、お側から追い払われてしまいました。

あの雪の暁に見たものが夢であってほしいと願ううち、もしかしたら、ほんとうにあれは、風邪の熱の中で見た悪夢だったのかもしれないと思うようになりました。

女御さまは前にもまして首筋から肩をお凝らせになることがつづき、わたくしがおさすりする夜が繁《しげ》くなりました。

藤壺におもどりになってからも、帝が他の女御たちをお召しになった夜は、これまでになく、ほっとうちくつろいでいらっしゃるのが、わたくしの掌《て》に伝わってくるのでした。時々思わず熱い重いため息をお洩《も》らしになることがありますが、御自分ではそれに気づいていらっしゃらないようなのです。時にはわたくしの掌の下で、くくっと背中をふるわせてむせび泣かれることさえございます。わたくしはただもうおいたわしくて、そんな女御さまをおさすりするしか能のない自分が情けないのでした。

その年の春のことでございました。光君さまが瘧《おこり》にかかられたとかで、しばらく御所へお姿をお見せにならないことがありました。帝は例によってたいそう御心配になり、どんなに花が咲き匂っていても、あのお方のお姿の見えない春など一向に華やかでないと嘆かれて、毎日のようにお見舞いのお使者をたてていらっしゃいます。

女御さまは帝が光君さまの御病気をお案じなさる時は、ひかえめに相槌《あいづち》を打たれるだけですが、わたくしの掌の下で、お躯《からだ》が日ごとにおやせになっていくのが感じられるのでした。

光君さまはとうとう北山《きたやま》に隠れ棲《す》む験《げん》のあらたかな行者のところへ、わざわざ御祈禱《ごきとう》をたのみにお出かけになったとかで、帝はそこへもお使いを出されて御心配の御様子です。

「去年の夏、瘧がはやって、ずいぶんみんなが悩まされたが、光君だけは一日も患わず、病魔も避けて通るのかなど威張っていたのに、今年はどうしたというのだろう。しつこい物の怪《もののけ》にでも憑《つ》かれているのではないだろうか」

帝がそんなひとりごとをお洩らしになった時、女御さまが目に立つほど青ざめ、今にも気を失われそうになって、辛うじて脇息《きょうそく》でお躯を支えられたのを、わたくしははらはらしてお見守りしておりました。あの雪の朝に見た悪夢のようなことが現実なら、光君さまの御病気も、仏罰ではないかと、わたくしでさえ脇の下に冷たい汗が滲《にじ》む想《おも》いでした。

北山からお戻りになった光君さまが、まっすぐ御所へ御挨拶に見えたのは、四月に入ってまもない時でした。すっかりおやせになったお姿が、それなりにひとしおお美しく、かえってなまめいてみえるのは、このお方にそなわった前世からのお徳なのでしょうか。

「ひどくやつれたではないか」

帝はまだ御心配らしいお声で、北山での上人《しょうにん》のお加持《かじ》の模様など、こまごまとお尋ねになります。

「毎日、女御と案じ暮らしていた。あんまりわたしが案じるものだから、女御まで食事がすすまなくなって、すっかりやせてしまったよ」

なにげなく仰せになる帝のお言葉に、光君さまのまだ蒼白《そうはく》なお顔が、いきなり紅をさしたように染まりました。

「かたじけのうございます。わたくしもどこにまいっておりましても、帝と女御さまのことを片時もお偲《しの》びしない時はございませんでした。もう都ではすっかり花は散っておりますが、山では今が花盛りでございました。それを見るにつけても御覧にいれたいと思いまして」

感極まって涙に声をつまらせる御様子を誰も異常と思わないのも、久々で光君さまに逢《あ》えた喜びで、どなたも心がたかぶっていられたからなのでしょう。

その日は左大臣に拉致されるように、左大臣家へ帰っていかれた御様子でした。

光君さまがお治りになったら、今度は藤壺女御さまが御病気になってしまわれました。

瘧のように激しい熱は出ないのに、お食事がすすまなくなったまま、日一日とおやつれになり、夜のお伽《とぎ》が務まらなくなりました。ようやっと帝のお許しを得て、三条のお邸へ下がられたのは、四月もなかばで、新緑が爽やかに目にしむ頃でした。

帝の御心配は傍目《はため》にもおいたわしいほどで、毎日、朝夕二度は、三条邸に宮中からのお使いが見えて御様子を見舞われ、お文《ふみ》を届けられます。

光君さまは帝にもおとらぬほどの御心痛ぶりで、これも毎日お見舞いに寄られます。王命婦だけでは埒《らち》があかないと思われたのか、わたくしにまで、もう恥も外聞もないという面持ちで取りすがられるのです。わたくしが女御さまにいちばん気を許された人間だと王命婦から聞いていらっしゃるのでしょう。

「弁《べん》、お願いだ。一目でいいから、女御さまに逢わせておくれ。決してそなたが困るようなことはしない。神仏に誓ってもいい。ただ一目だけ逢わせておくれ。わたしはもう、気が狂いそうだ。昼間御所にいても心はそぞろで、日が暮れるのを待ちかねてここへ来てしまう。夜も眠れないのだよ。まさか、このままわたしが狂い死にしていいなどとは思わないだろうね」

そう言ってわたくしや王命婦を責められるお目つきは、ほんとうに何かが宿ってでもいるように熱にうかされて只事《ただごと》ならず思われます。こんなふうにお里に下がっていられる好機を何がなんでも逃すまいと、執心していらっしゃるのです。

王命婦とわたくしだけの秘密として、ついにある夜、光君さまを女御さまの御《み》几帳《きちょう》の中までお導きしてしまいました。

命婦とわたくしとでお部屋の入口を見張り、誰にも気づかせまいといたします。離れていても、御几帳の中の気配が時には洩れ聞こえます。こらえにこらえていた末、ようやくお逢いできた喜びで、光君さまは激情を抑えかねて、話し声も泣き声も思わず高くなる御様子です。

女御さまのお声はまるで死んだかと思われるほど聞こえないのですけれど、岩をも溶かしそうな光君さまの熱情にあふれたお言葉や愛撫《あいぶ》をあびせつづけられて、動かない女心などこの世にあるでしょうか。

ついに言葉にならぬ細い声のほとばしりが、細い鋭い泣き声となって、御几帳から洩れてまいりました。わたくしは思わずその場に打ち伏して、しっかりと両袖で耳をふさいでしまったので、その後に続いたであろう光君さまの喜びの声や、しみじみと尽きなかったであろう愛語は聞き洩らしてしまいました。

このように甘美な、このように恐ろしい一夜は、なんと早く明けるものでしょうか。

「こうしてようやくお逢いできても束《つか》の間《ま》、ふたたびお逢いすることはいつになるやら……。ああ、これが夢ならいっそ夢の中《うち》でこのまま死んでしまいたい。

見てもまたあふよまれなる夢の中に
　やがてまぎるるわが身ともがな」

と涙にむせかえりながら訴える光君さまの哀切なお言葉に、さすがに女御さまもこらえかねたのでしょうか、

「世がたりに人や伝へんたぐひなく
　うき身を醒《さ》めぬ夢になしても

こんな恥ずかしい身の上を、世間の語り草に末代まで語り伝えられるのではないでしょうか。たとえ不幸せな自分はこのまま夢の中に封じこめてしまったところで……」

と、しおしお涙の声でつぶやかれるのもおいたわしい限りです。

「そんなにお嘆きにならないでください。罰ならわたくしがふたり分、この一身に引き受けます。たとえ地獄に堕《お》ちても、あなたへの愛を断ちきることができるものか」

光君さまも、御自身何を言っているかわからないほど惑乱していらっしゃるのです。

王命婦が、光君さまの脱ぎ捨てられた御直衣《おんのうし》や帯など、かき集めて、御帳台《みちょうだい》の中へ差し入れました。どこかで早くも鶏《とり》の声が聞こえはじめています。

さすがにその後は、いくら光君さまがせがまれても二度と御首尾をはかることなどはできませんでした。その後の女御さまのお苦しみようを目の当《ま》たりにしては、わたくしたちは、かえって、女御さまから言葉に出して責められないだけに、自分たちのしたことの罪深さにおののいてしまうのです。

光君さまの矢のようなお文も、手にさえ取ろうとなさらず、帝からのお文は拝する度に泣いていらっしゃいます。御気分は一向すぐれないまま、青葉が日増しに濃くなり、藤も桐《きり》も咲いてしまい、今年は格別に暑い夏が訪れてしまいました。そのうち、わたくしは、お湯殿で女御さまのお軀の上にあらわれた変化に否応《いやおう》なく気づかされてしまいました。目の迷いであってほしいとの祈りをよそに、日一日と、そのしるしは鮮やかになっていきます。

女御さまのことなら、下着のお世話から召し上がりものまで、すべてに目を配っている王命婦も、それに気づかれた様子でした。わたくしたちは互いにそれとは口にしないまま、暗黙にこの恐ろしい秘密を女御さまもろとも分かち抱きあう宿命を担ってしまったのでした。これも逃れられぬ宿世《すくせ》の御縁というものかと、ひたすら因果の恐ろしさにおののくばかりでした。

他の女房たちもそのうちに気づきはじめ、捨ててもおけないので、御懐妊は物の怪のせいで、はっきりわからなかったのだということに言いつくろって、帝にも奏上しました。すでにあの夜から三か月を過ぎていられたのです。

光君さまは、どこからどう勘づかれたのか、これまでにもましてもうひとたびの逢瀬《おうせ》をせがんで、日夜、王命婦を責められるのです。

「夢を御覧になったので、占わせたら、このことを知らされたとおっしゃるのよ。なんという恐ろしいことでしょう。占い師の口からでも世間に洩れたら、どうしましょう。もうどんなにお可哀《かわい》そうでも、これ以上はだめですよ。わたしがだめなら、あなたを落とそうとなさいますよ。しっかりしていてくださいね」

王命婦から注意されるまでもなく、わたくしはこんな恐ろしいことにかかわるのはふるふるごめんだと思っていました。

七月に入ってから、女御さまはついに参内《さんだい》なさいました。久々の逢瀬で帝は有頂天のお喜びようです。まして御懐妊というのですからお愛《いと》しさはいやまさるとみえ、たとえようもなく御寵愛《ごちょうあい》はこまやかになるばかりです。

面《おも》やつれなさったのがかえってお美しさをきわだたせ、おなかがふっくらとしてきたのが愛らしく、心の深いお悩みのせいで瞳にたたえられた憂愁のせいか、神秘的にさえ見えるこの頃の女御さまには、帝ならずとも、心を奪われずにはおられません。

帝は例によって藤壺に入りびたりの御有様で、自然、管絃《かんげん》のお遊びなどで、上《かん》達部《だちめ》たちが集められるようになります。音楽の音色も秋と共に冴《さ》えかえり、光君さまは暇《いとま》なく帝からお呼出しを受け、お側を離れることもないようです。御簾《みす》のうちの女御さまに、お言葉をかけることもできないまま、御下命を受けて琴や笛などでさりげなくおつとめになる心中のお辛《つら》さはいかばかりかと、わたくしなどは、はらはらする想いでした。

必死に耐え忍んではいられるものの、さすがに時には抑えきれぬ想いが楽の音に哀切に、あるいは激情的にこもる時もあります。わたくしでさえ、はっとするそんな時々、御簾の中の女御さまもまた、必死にお涙をこらえていらっしゃる御様子がわたくしには伝わり、なんという苦しい悲しい運命のおふたりの恋かと、胸もつぶれる想いがするのでした。

十月十日にかねてから決められていた朱雀院《すざくいん》への行幸《ぎょうこう》がありました。

この日のためにさまざまなすばらしい御催しが用意されていましたが、後宮《こうきゅう》の方々はお供できない約束なので、帝は藤壺女御さまにそれを見せてさしあげたく、前日、予行演習を清涼殿《せいりょうでん》の前庭でおさせになりました。

光君さまは青海波《せいがいは》を頭中将《とうのちゅうじょう》と組んで舞われました。

その舞い姿の美しさはこの世のものとも思われず、吟詠のお声は、これこそ極楽の迦陵頻伽《かりょうびんが》の声とはこうもあろうかとうっとりさせられます。

御簾の中から見物なさっていた女御さまも、さすがに感動を抑えきれない御様子で、目のあたりを紅潮させていらっしゃいました。あのようなことがなければ、どんなにお心のどかに御覧になれたかとでもお考えになっているのでしょうか。

その夜はそのまま、女御さまは清涼殿で帝に夜のお伽をなさいました。おふたりになられた時、帝は、

「今日の試楽《しがく》は、青海波ひとつに圧倒されていたね。あなたに見せたくって、予行演習をさせたんですよ。どうでしたか、あの舞いぶりは」

「ほんとうに結構でございました」

女御さまはつとめて平静を装って、ただそれだけお答えになっていらっしゃいましたが、お声がかすれているのもおいたわしいことでした。

翌朝は光君さまからお文が届きました。

「昨日はどう御覧くださったでしょうか。思い乱れて御前で舞うどころではなかったのですが、無理に心を静めてつとめました。そんな気持で袖を打ち振っていたのをお察しくださったでしょうか。

もの思ふに立ち舞ふべくもあらぬ身の

袖うちふりし心知りきや」

とあります。この頃はろくにお文を開けてもごらんにならず、一言のお返しもなさらなくなっていたのに、さすがに昨日の目もまばゆいお姿や美貌がお心に焼きついていて、むげに黙殺することもおできにならなかったものか、

「唐楽《とうがく》から渡ったという青海波の古い手ぶりは存じませんが、昨日の舞はほんとうにお見事でしたこと。

から人《ひと》の袖ふることは遠けれど

「立ちゐにつけてあはれとは見き」

とお返事をわたくしに取り次がせられました。

ありがたさにお返事を経文のように押しいただき拝誦《はいしよう》しているとのお返しが折り返し届いたのには、もうお返しはありませんでした。

十二月に入って、女御さまはお産のために三条のお里へお戻りになりました。帝に報告した懐妊のことは、予定日が十二月の末あたりになるはずだったのです。光君さまは早速、三条のお邸へお見舞いにかこつけていらっしゃいましたが、王命婦もいつになくよそよそしく堅苦しくおもてなしして、わたくしはつとめて逃げ隠れておりましたので、味気なさそうにお帰りになりました。帰りぎわに、

「御用があれば、なんなりとお申しつけくださるように」

などわざとらしい硬い御挨拶をなさるのもお気の毒でした。

王命婦もお手引きしようもなく、女御さまの御態度が、以前にもまして、光君さまとの秘め事を辛く情けないことと思っていらっしゃる御様子の上、手引きしたせいか、この節は王命婦にまでよそよそしくなさるので面目なく、おいたわしくもあるので、いくら光君さまにせがまれても、もうお取次ぎはしないのでした。所詮、そんなはかない御縁だったのかと、おふたりともお心のうちでは辛く悩ましく思い乱れていらっしゃったことでしょうが。

予定日も過ぎて、とうとう十二月には御出産はなく、正月を迎えてしまいました。

光君さまは三条へも律儀に年賀にいらしてくださいました。今年十九歳になられた光君さまは、気のせいか一段と頼もしげにひとまわり大きくなられたようで、その御立派さに、あらためて女房たちは、

「なんとお美しい」

とほめそやすのでした。明けて二十四歳の初産《ういざん》を迎えられる女御さまは、几帳のすきまから、女房たちの色めきたつ様子をちらと御覧になるにつけ、悩ましそうにそっとため息をお洩らしになっていらっしゃいます。

一月もまだ御出産の気がなく、宮中でもようやく御心配の御様子で、お使者が度々まいります。王命婦とわたくしは、ああ、やっぱりと、顔を見合わせてしまいました。あの思い当たる夜から数えれば、お産は二月のはじめということになります。光君さまも同じ御心配と見え、しきりに王命婦にそれとなく予定日を確かめようとなさいます。命婦はさすがにこの頃めっきりやつれてきました。女御さまにうとまれていることを気に病んでいるのでした。

「ああ、情けない。おふたりのためにこっちは命がけで危ない橋を渡っているのにね、今更女御さまにうとまれるなんて予想もしませんでしたよ」

日頃は陽気な人が、すっかりしょげているのも気の毒です。

とうとう二月の十日すぎに、男御子が無事お生まれになりました。つわりの重かったわりには、お産が軽かったのも、光君さまが秘《ひそ》かに安産の御修法《みずほう》などを方々のお寺におさせになっていたおかげかもしれません。帝にも殊の外のお喜びで、さすがに女御さまも少しずつ御気分も爽やかに快復されるようでした。

「しっかりあそばしてください。弘徽殿《こきでんの》女御《にょうご》さまが呪うようなことを言ってらっしゃるそうですよ。お気を強く持って皇子《みこ》さまをお守りしなければ」

王命婦がそんなことを申しあげるのに、もうお顔を背けるようなこともなく、そうかもしれないとうなずいておみせになるのでした。

はじめての子供を産んだ後の女は、生涯でいちばん美しいといわれるそうですが、女御さまのこの頃の﨟《ろう》たけたお美しさは、ほんとうに観音さまの化身かと思われるほどです。

お髪《ぐし》も少しも少なくならず、お肌はいっそう透き通るように真珠色に輝いています。

お湯殿で、わたくしがお軀を流しながら、少しお肩もお腰もふっくらとなさいましたと申しあげた時でした。

「お産でいっそ死ねますようにと祈っていたのだけれど……業《ごう》の深い軀なのね」

と、ひとりごとのようにおっしゃいました。

光君さまは人知れず一日も早く皇子のお顔を見たいとお思いになり、祝い客のいない時をみはからって三条へいらっしゃり、

「帝が一日も早く若宮を御覧になりたいと仰せです。まずわたくしがお目にかからせていただいて、帝に御報告申しあげましょう」

とおっしゃいます。女御さまは、

「まだ赤ん坊は生まれたばかりでみっともない様子をしておりますので」

とだけおっしゃって、お見せになろうとなさらないのももっともです。

若宮は、まあ呆《あき》れるばかり光君さまとそっくりで、その生き写しのお顔を見れば、どなたの御子かひとめでわかりそうです。

女御さまは若宮のお顔を御覧になるにつけ、心の底に秘めている良心の呵責《かしやく》に苦しまれ、女房たちが若宮の顔を見ても、産み月の狂いからあの秘め事に気づかぬはずもあるまいと、お心を痛めていられるのでした。ささいな事でもあら探しをしたがる世間が、どんな噂《うわさ》をひろめるかわかったものでないとお思いになるにつけ、今更のように光君さまとの拭いがたい秘密に責められ、われとわが身を日夜お責めになっていらっしゃるようでした。

光君さまはあきらめず、王命婦にねだりつづけて、ひとめ若宮に逢わせてほし

いとせがまれます。

「どうしてそんなに無理をおっしゃるのですか。どうせ、まもなく宮中で自然にお逢いできるではありませんか」

と申しあげながら、命婦もできてしまった事の重大さに誰よりも恐れ悩んでいるのでした。光君さまは焦《じ》れて、

「ああ、いったいいつになったら、せめて女御さまに直接お話ができるようになるのだろう」

とお泣きになるのも痛々しいことです。

王命婦がいろいろお慰めしてようやくお帰しするのですが、女御さまは、こうした光君さまのひそかな訪れも、もし世間の口の端《は》にのぼるようなことがあればとひたすら恐れて、どうかすると光君さまに泣き落とされてしまいそうな王命婦を、いっそううとましくお思いになるようでした。

そうこうするうち四月にも入って、若宮を連れて女御さまは宮中へお戻りになりました。

生後二か月にしてはずいぶん成長の早い若宮と御対面あそばした帝は、この上ないお喜びようでした。お抱きあげになって若宮のお顔を御覧になった時、息を呑《の》んでいる王命婦とわたくしは、その一瞬が永遠のように思われたことです。女

御さまも蒼白なお顔を硬くしていらっしゃいました。

「ほう、これはまたよく似ている。光君に瓜《うり》ふたつではないか。あれとはじめて対面した日が、今たちかえってきたような気がする」

わたくしは今にも気を失って倒れそうな女御さまを、そっと背後から支えました。

「たぐい稀《まれ》な美しい者どうしというのは、こういうふうに似てしまうのだね」

と、帝は鷹揚《おうよう》におっしゃるのでした。その間も無心な若宮は、帝のお顔を見上げ、あどけない笑顔をお見せになるのです。

その時もお側で女御さまともども冷汗の吹き湧く想いになりましたが、もっと居たたまれなかったのは、光君さまとの御対面の時でした。光君さまは藤壺へ管絃の遊びのため呼ばれていらっしゃいました。そこへ帝が若宮を抱きかかえて御簾の中からお出ましになったのです。

「まあ、この子を見てごらん。御子《みこ》たちはたくさんあるけれど、そなただけはこんな小さい頃から手許《てもと》に置いて明け暮れ見ていたものだ……。そのせいか、この子を見ると、あの頃が思い出されるのだろうか。まるで昔のそなたを抱いているような気がする。この子はほんとうにそなたに似ている……。ごく幼い赤ん坊というのは、みんなこういうふうに似ているのかもしれないね」

そうおっしゃって、さも可愛《かわい》らしいというように頰ずりをなさり、光君さまにお渡しになったのです。さっきから、光君さまは倒れそうなのを辛うじてこらえ、額にも脇にもにじむ汗をじっと息をつめて抑えていらっしゃる御様子です。もしや落とすのではあるまいかと思われるあぶなっかしい手つきで若宮を抱き取られ、お顔にお目をそそがれるのでした。

女御さまが遠くの御簾の中でその様子を御覧になり、お袖で顔を覆うなり、誰にも気づかれぬよう、すっと御座をすべり出ておしまいになりました。あわててお後を追ったわたくしは、御帳台の中から洩れる忍び泣きの声を切なく聞きながら、女御さまのお苦しみはいつまでつづくのかと心がめいってしまうのでした。

光君さまも早々に退出なさったと後からうかがいました。

王命婦あてに、こまごまとしたお手紙が届けられましたのを、命婦が涙ながらにそっと女御さまにお見せして、

「せめて一言でも……」

と、お返事をねだっておいでです。女御さまはいつになく素直に筆をとられ、何か歌の一首をしみじみと書き流され、王命婦にお渡しになりました。

若宮を御覧になるにつけ、あの夢のような夜の想い出がお胸にかえり、心の鬼に責められる女御さまのお心のうちは、どんなにお苦しいことでしょう。もう決

して二度とあの過ちをしてはならぬと心に強く戒めていらっしゃるのが、おいたわしくてなりません。

冷たくなさってはいるものの、お心の底の底には、御子までなした宿縁のお方が憎かろうはずがありましょうか。

帝への申しわけなさを、女御さまはこれまでにもまして、帝におやさしくお仕えすることで、あがなおうとしていらっしゃるのでしょうか。傍目にもお美しいお二方のお仲は、日と共にますますこまやかに、もはや水の洩る隙もないかのようにお見受けするのでした。

そんなところへ、光君さまが二条のお邸に、去年の冬からどなたともしれぬお方を引き取られ、内々においつくしみになり、その方のために、あちこちの通い所にさえ、足が遠のいているという噂が伝わってまいりました。葵上《あおいのうえ》さまとお気が合わないのは仕方がないけれど、左大臣家で、あれほど大切にお仕えしているのに、あんまり踏みつけたなされ方だというので、さすがに寛容な左大臣も、今度ばかりはお腹立ちの御様子だとか。

ある日、帝が常にない険しいお顔で藤壺にいらっしゃるなり、女御さまにお話しなさるのです。

「あれにも困ったものだ。左大臣にあわせる顔もない。素性も知れぬ女を二条の邸に入れて、まるで貰い女にでも仕えるようにもて扱っているという噂なのだよ。好色なのは、まあ若さの過ちと大目に見てもきたが、今度のような話は左大臣家や、葵上に対してあまりにも踏みつけにした態度で面目ない。一度しっかり叱ってやらねばならない」

そんな帝に若宮がまつわりつかれるので、帝のお顔はついなごやかにほころびてしまうのでした。

「ほんとに、あれも昔はこんなふうにまるで神仏の申し子のように清らかで無邪気な子供だったのに……。ね、若宮よ、そなたは大きくなっても光君のようにはなってはなりませんよ」

抱きあげられ頰ずりされると若宮は何がおかしいのか、この頃覚えた笑い声をしきりにおたてになり、帝のお膝の上でとんとんと弾まれるのです。

二条のお邸にかくまわれた姫君とは、まだ十一歳か十二歳で、実は藤壺女御さまの姪《めい》にあたる御血縁の方だということは、誰も知らないのです。その秘密は、光君さまから王命婦にだけ洩らされ、わたくしと女御さまだけは知っておりました。

「せめてお血のつながった俤《おもかげ》の似通ったその小さな人を、つれない方の身代わりとして、気長に育ててまいろうと思います」

そんな女御さまへの口上を、王命婦がお伝えしていたような気がいたします。
夢でなければ。

若紫

★

わかむらさき

紫上《むらさきのうえ》の祖母尼君のかたる

あの日のことは忘れもいたしません。

京の春はとうに逝《ゆ》き、まだ北山《きたやま》の奥にはその名残がとどまって、山桜が霞《かすみ》のたなびいたように白々と咲き匂っている頃でございました。わたくしは、春先から気分がすぐれず、食物も咽喉《のど》を通りにくくなり、どうやらいただいた寿命も今年で尽きるのかと、逃れようのない運命の予感がしきりにする毎日でした。

夫の按察使大納言《あぜちのだいなごん》が亡くなりました後に出家してしまい、夫の菩提《ぼだい》をとむらうことに専念したいと過ごしてまいりましたわたくしにとって、夫のいるあの世こそ憧れのところで、この世にはもうなんの未練もなかったのです。ただひとつ、この世のほだしは、ひとりいる孫娘のことばかりでした。京の家にいましても心細い折柄、今はこの世でただひとりの肉親になった兄の僧都《そうず》が、二年ほど前から籠もって修行しております北山の山荘へ頼って、孫娘もろとも身を寄せていた時のことでした。

この子は、夫とわたくしの間にただひとり生まれた娘の忘れ形見でございます。娘はわたくしの口から申すのもおこがましいのですが、親にも似ずそれは美しく生まれあわせ、いたって素直な性質で、奥ゆかしい物腰の女でした。

夫の大納言は、入内《じゆだい》させ帝《みかど》にさしあげたい心づもりがあって、大切に育ててまいりましたが、その望みどおりにまいりませぬうちに、はかなくなってしまいましたので、後はわたくしひとりで心細く育てておりましたところ、いつ誰が手引きしたのやら、先帝の御子《みこ》の兵部卿宮《ひようぶきようのみや》がひそかに通って来られるようになってしまいました。

宮にはすでに御身分の高い北の方がいらっしゃって、そちらからの圧迫もあり、気の弱い娘は明け暮れに思い悩むことも多くなり、それも原因であっけなくなってしまいました。まことに物思いから病気になるということを目の当《ま》たりに見た気がいたします。亡くなる前に産み残した女の子が、はやもう十歳ばかりに育ってしまったのですから、月日のたつのはほんに早いものでございます。

わたくしが甘やかして育てたせいか、この子は年より稚《おさな》びていて、一向に頑是《がんぜ》ないのも心細い限りです。

その日も、わたくしがお勤めの読経《どきょう》をしておりましたら、白い下着に山吹襲《やまぶきがさね》の萎えたのを着た幼い姫がいきなり走りこんできました。

真っ赤に泣きこすった顔で、髪を扇をひろげたようにゆらゆらさせて、わたくしの傍らに立ちはだかっています。

「まあ、どうおしだえ。また子供たちとけんかをなさったの」

と言いますと、

「雀《すずめ》の子を、犬君《いぬき》が逃がしてしまったの、伏籠《ふせご》の中に入れておいたのに」

といかにもくやしそうに訴えます。そこにいたこの子の乳母《めのと》の少納言《しょうなごん》が、

「またあのそそっかしい子が……、そんなことをして叱られるなんて、ほんとに困った人だこと。雀の子はいったいどこへ飛んでいったのかしら。ようよう可愛《かわい》らしく馴《な》れていましたのにね……。烏《からす》なんぞにみつかったら大変ですわ。つつき殺されてしまいますもの」

といって、犬君を叱るつもりで立っていってしまいました。

「まあ、なんといつまでも子供っぽく、他愛《たわい》のないことといったら……。わたくしが今日明日も知れぬ容態なのに、なんとも気にもしないで、雀を追いかけておいでだなんて……。生き物を捕るのは、仏さまの罰を蒙《こうむ》ることだと、常日頃教えてあるでしょう。こんなことでは、行く先が案じられます……。さ、こっちへい

といえば、素直についと寄りそって坐《すわ》ります。引きよせて髪をかき撫《な》でてやるにつけ、

「梳《す》くこともうるさがってお逃げになるけれど、ほんとにきれいなお髪《ぐし》だねえ。それにしても、あなたがいつまでもあんまり子供っぽくていられるのが、おばあさまは心配でたまりませんよ。あなたくらいのお年になれば、も少し大人びていらっしゃる人もあるものなのに。あなたのおかあさまはあなたのお年くらいで、おとうさまに死に別れなさったけれど、もうその頃は、ちゃんとなんでも物事の道理をわきまえていらっしゃいましたよ。すぐにもわたくしがあなたを残して死んでしまったら、まあ、どうやって暮らしていらっしゃることやら」

と嘆かずにおられません。わたくしがたいそう涙をこぼすのを見て、姫もさすがに悲しいらしく、じっとわたくしを見つめ、伏目になって悲しそうにうつむいています。ふっくらした頰に両側からこぼれかかる黒髪がつやつやと美しく見えるにつけ、この稚い子を残しては、死ぬに死にきれぬ想《おも》いがすると、口に出てしまいます。側《そば》にいた女房も、

「ほんとうに、お察し申しあげます」

と一緒にもらい泣きしてくれる有様でした。

そこへ兄の僧都が来て、

「今日に限って、どうしてこんなに端近《はしぢか》にいらっしゃるのですか。外から見通しになりますよ。この上の上人《しょうにん》の庵室《あんしつ》に光源氏《ひかるげんじ》の中将《ちゅうじょう》さまが瘧《おこり》のお呪《まじな》いにおいでになっていらっしゃると、たった今、聞いたばかりです。たいそうお忍びでいらしたので、全く存じあげなくて、ここにいながらお見舞いにも参上しなかった」

というので、わたくしは、

「まあ、大変。みっともない有様を誰かに見られはしなかったでしょうか」

とあわてて簾《すだれ》を下ろしました。

「世間で今たいそうな評判の光源氏の君を、こんな折にこそ拝見されたらどうでしょう。浮世を捨てた法師の眼《め》にさえ、あの方を見ると寿命が延びるような気がしますよ。どれ、御機嫌を伺ってこよう」

と立っていきました。

その夜、僧都がお招きして光君《ひかるのきみ》さまがわたくしどもの草庵にお立ち寄りくださったので、女房たちはもう気もそぞろで粗相のないよう息をひそめていました。

夜更けて、しきりに光君さまとお話ししていた僧都が初夜《そや》の勤行《ごんぎょう》のためお堂へお籠もりにいったと思われる頃のことです。引きまわしてある屏風《びょうぶ》の向こうで、はたはたと扇をうち鳴らして誰かを呼ぶ気配がするので、まさかと思いながら女

房がにじり寄りながら、

「変ですわね、今頃……。何かの聞きちがいかしら」

とつぶやいています。

「仏のお導きは冥途の闇の中でも、決して迷わないといわれていますのに……」

という声は、若々しく品のよい惚《ほ》れ惚《ぼ》れするような、まぎれもない光君さまのものにちがいありません。女房は恥ずかしさに口ごもりながら、ようやっと、

「どちらへ御案内するのでしょうか……。一向にわからなくて……」

と申しあげています。

「いかにも、だしぬけでとっぴなこととお思いになるのも尤《もっと》もですが、こちらにいらっしゃる初草のような可愛らしいお方の淋《さび》しいお身の上を見知ってから、いとしくお気の毒でわたしの旅寝の袖も乾かないのです。そうお取り次ぎしていただけませんか」

という声がみんな聞こえてきます。

「一向に、こんなお言葉をいただいて、お返事のできるようなお年頃の方もいらっしゃらないのを御承知かと思いますのに、どなたにと仰せあそばすのでしょう」

「こんなことを言うのは、それだけのわけがあってのことです」

と、後へ引く気配もないので、女房がわたくしに取り次ぎにきました。まあ、当世風な。うちの姫が、恋がわかる年頃だとでも思っていらっしゃるのか……。あれこれ考えて落ち着かなく、そうかといって、あまり長くお返事を申しあげないのも失礼だと、

「枕ゆふ今宵《こよひ》ばかりの露けさを
　深山《みやま》の苔《こけ》にくらべざらなむ
涙こそ乾きにくうございます」

とお返事しました。

「こんなお取り次ぎを介しての御挨拶は、まだ一度もしたことがありません。恐縮ですが、こんなついでに真面目《まじめ》に申しあげたいことがございますので」

と押しておっしゃいます。

「何かお聞きちがえになったのでしょう。たいそう御立派な御様子をしていらっしゃるのに、なんとお答え申していいやら」

とためらっていると、女房たちが、

「でも、御挨拶しないと、失礼だとお思いになるでしょう」

と、逢《あ》うことをすすめます。

「それもそうね、若いうちなら、恥ずかしがりもしようが……、真面目にああお

っしゃるのだから、粗略に扱ってはもったいないかも」

と言って、わたくしがにじり寄って屏風のほうへゆきました。

「唐突にこんなことを申しあげて、さぞ軽薄な人間だとお思いになるのも当然ですが、わたくし自身は、そんな軽々しい考えではないので、み仏もそれをよく御照覧くださると思います」

とおっしゃったものの、気がひけたように後はすぐにも言葉がつづかない様子をしていらっしゃいます。

「まことに思いもかけないこんな折に、こうまで親しくお話ができますのを、どうして浅い御縁だなどと思えましょう」

「こちらのお姫さまは、おいたわしいお身の上と伺いましたが、お亡くなりになった母君の代わりと、わたくしを考えてはいただけないでしょうか。わたくしもまた何もわからない小さい頃に、母や祖母を失いまして、頼りない心細い月日を過ごしてまいりました。こちらの幼い方もそっくりのお身の上でいらっしゃるので、ひとごとともと思えずお親しくさせていただきたいと心から思うのです。こんな折といってはめったにありませんので、前後の見境もなくなってこんな思いきって打ち明けたお話もするのでございます」

「ほんとにありがたいお言葉ですが、その姫について何か聞きちがえていらっしゃるようにお察しします。老い朽ちたわたくし一人を頼りに思っている幼い者はおりますが、ほんとにまだ聞き分けもない頑是ない年頃でして、大目に見ていただける点もとてもありそうもございませんので、お話もお受けいたしかねるのでございます」

「何もかもはっきり承知しておりますので、堅苦しくお考えにならないで、他人《ひと》とは違っているわたくしの心を御覧になってください」

と、どこまでも押してこられるけれど、姫があんな頑是ないことを御承知ないのだと思うと、本気に取りあう気にもなれません。そこへちょうど僧都が戻ってくれました。光君さまは、やっと、

「とにかく、こうしてお話の糸口がついただけでも心丈夫です」

とおっしゃって、屛風をお閉めになりました。僧都とも話しあいましたが、なんといってもまだ四、五年先のお話ならばだけれど、今はまだどうしようもないと、改めてお答え申しあげました。

京へお帰りになる時は大勢の公達《きんだち》がお迎えにあがって、別れの宴など風流にあそばしてお立ち去りになりました。もっと長くいらしてくださればいいのにと、誰もが別れを惜しんで泣いていました。

わたくしどもも「この世の方とも思われない」など話しあっておりました。小

さい姫も、幼心に美しい方だと印象が残ったとみえ、

「おとうさまの御様子より、もっとお綺麗《きれい》ね」

などと無邪気にいっています。

「じゃ、あの方の御子さまになりますか」

と女房がからかうと、こくりとうなずいて、楽しそうな表情をしています。それからは雛《ひな》遊びの時も絵を描く時も、「光君さま」というのを必ずひとりつくって、綺麗な着物を着せ、大切にしているのも他愛ない有様です。

これで終わったと思ったのに、お帰りになった光君さまからはまたお便りがあり、

「先日は何も本気にしてくださいませんでしたので、気がひけて恥ずかしく、思う心の万分の一もお話しできませんでしたのが残念でなりません。このようにしつこく幾度もくりかえし申しあげますのも、並一通りではないわたくしの執心のほどをお察しいただければ、どんなにかかたじけないことと存じまして……」

などとあり、中に小さく結び文《ぶみ》にした姫あての恋文仕立てにしたのまであります。

「面影は身をも離れず山ざくら
心のかぎりとめて来《こ》しかど

夜《よ》の間《ま》の風も心配で」

とありました。文字の見事なのはもとよりのこと、無造作にお文《ふみ》を包まれた紙の色合いや包み方まで、わたくしたち年寄りの目にはまぶしいほど華やかにうっとりするゆかしさです。

それにしても、お返事のしようもなく当惑してしまいます。

「お帰りぎわのお話もお戯れかとも思っておりましたのに、このように御丁寧なお文まで賜りまして、御挨拶のしようもございません。なにぶんまだ幼い者は手習いはじめの『なにはづ』さえ充分書けませんような次第でございますから、どうしようもございません。それにしても、

嵐吹く尾上《をのへ》の桜散らぬ間を

心とめけるほどのはかなさ

いっそう気がかりが多くて」

とだけ御返事申しあげました。僧都のほうにも、似たようなお手紙をいただいたとか。ほんとにどこまで本気でいらっしゃるのかと、不思議にさえ思われます。

二、三日すると、惟光《これみつ》という御家来がお使者としてやってきました。惟光は乳母の少納言に取り入って、しきりに光君さまの御心情や、日頃の御様子などを話して帰ったそうです。相変わらず姫への手紙や、わたくしあてのもあって……そ

れはもう。

惟光には、わたくしの容態がも少しよくなれば、京の邸《やしき》へもどるので、その時でもゆっくり御相談しましょうという程度の御返事をしておきました。

しばらくして、わたくしの体調もいくらかよくなったので下山しました。京の邸も尋ねあて、こちらへも光君さまのお便りは時々まいりますが、返事は同じことです。

秋もたけて、やがて冬の足音が近づいてくる頃、わたくしの容態がまたひどく弱り、もう今度こそ、お迎えにあうという予感がしてきました。そんなある夜、ふいに、

「光君さまがわざわざお見舞いにいらっしゃいました」

という口上と共に、はやもう御車からあのお方が降りていらっしゃいます。

家じゅうであわてふためき、いちおう南の廂《ひさし》の間《ま》に御座をしつらえました。とてもお逢いできる状態でないので、万事、姫の乳母の少納言に取り次がせます。

「いつも伺いたいとは思っているのですが、まいっても甲斐《かい》ないようなお扱いばかり受けておりますので気がひけまして……。御病気がそんなに重いことも知らず申しわけありません。いかがですか。心配なことです」

などおっしゃいます。

「今はもう臨終も近づきました。わざわざお立ち寄りいただきましたのに、お目通りもできぬ有様で申しわけございません。いつもお心におかけくださいます孫の姫のことは、万一にもお心が変わりませんでしたら、もう少し大きくなるのを待って、必ずお目をかけてくださいますよう……。あの子のまことに頼りない有様を見残してあの世に旅立つのが、往生の障りになるよう思われます」

と少納言にお答えさせます。

「どうしてあさはかな心から、こんな好色めいた振舞いをお目にかけましょうか。どういう因縁なのか、お逢いした最初から、いとしく思えて忘れられず、この世の縁だけとも思われません」

などおっしゃって、――

「せめて、あの可愛い声でも聞けたら嬉《うれ》しいのですが」

とねばっていられるのです。少納言は、

「さあ、もうたぶんお寝《やす》みになってしまって……」

といっているところへ、向こうのほうから足音をたてて姫が来て、

「おばあさま、山のお寺においでになった光君さまがいらっしゃったのですって、どうして御覧にならないの」

と無邪気な声ではばかりもなく言うのを、女房たちがあわてて、手でしいっと

制しても、

「だって、光君さまを御覧になると気分の悪いのも治ったとおっしゃったじゃありませんか」

と、無邪気な声をいっそうはりあげるのです。

それからほどなくいっそう容態が思わしくなくなったので、わたくしはまた山へ籠もり、お見舞いのお礼はあの世から、とだけ言上《ごんじょう》させておきました。

乳母《めのと》の少納言《しょうなごん》のかたる

按察使大納言の未亡人の尼君が北山の庵《いおり》で亡くなって一か月ほどして、まだ北山に居《お》りました時、光君さまから、お心のこもったそれは涙の出るようなお悔やみのお手紙をいただきました。乳母のわたくししか、もう姫さまをお守りする者もいなくなって、これから先どうなっていくことかと、心細い限りの時でしたので、このお悔やみのお手紙は嬉しく、姫さまにも読んでさしあげました。ただしおしおとお泣きになるばかりで、とうていお返事など書けません。わたくしが、一応、丁重にお礼をさしあげておきました。

忌《い》みもすぎて、京のお邸に引きあげてきましたが、荒れ果てて手入れをする余裕もないまま、長年過ごしましたので、いつまでここに住めるかと、また心細くなります。多くもない召使いたちも、一人去り二人去って、日と共に淋しさがまさるばかりです。

そんなある日、突然、光君さまがお立ち寄りくださいました。例によってわたくしがお相手をして、尼君の御臨終の話などに及びますと、光君さまはわたくしたちと同じほど涙をお流しになって一緒に嘆いてくださるのです。

「姫さまをお父上の兵部卿宮にお渡しするのが当然なのですが、姫さまのお母上の故姫君が、あちらの北の方からたいそう辛《つら》いめにもあわされておいでだったので、そこへ何もわからぬ幼児というでもないし、かといってまだしっかりと人の仕向けなども理解できない中途半端なお年頃で、大勢いらっしゃる御本邸の姫君たちの間にまじり、何かとあなどられがちに生きてゆくのでは可哀《かわい》そうだと、亡き尼君さまも絶えずお嘆きになっていらっしゃいました。なるほどと思われることが沢山ございますので、このようにかたじけないお言葉をいただきますと、先々のことまで考えてもみませず、ほんとうに嬉しく存じられますけれども、なにぶんにも御本人が少しもお似合いの様子ではなく、お年よりも子供っぽくお育ちでいらっしゃいますので、ほとほと痛み入るばかりで……」

と申しあげました。

「どうして、こうくりかえし申しあげるわたしの気持を素直に受け取ってくれないのか。その無邪気な御様子が可愛くいとしく思われるのも、前世からの格別の宿縁があるのかと考えています。やはり人伝《ひとづて》でなく、じかに姫君とお話ししたいものです。

このまま帰すのはいくらなんでも失礼でしょう」

とおっしゃるので、わたくしもほとほと困ってしまいました。

姫君は亡き尼君を恋い慕って泣きながら寝《やす》んでいられたところへ、お遊び相手
の童女たちが、

「直衣《のうし》を着ている人がいらっしゃいますよ。おとうさまの宮さまがいらっしゃっ
たのでしょう」

と告げにいきますと、すぐ起きてきて、

「少納言、直衣を着たお方はどこなの、おとうさまがいらっしゃったの」

といいながら、近寄ってこられるお声がほんとに愛らしいのです。

「父宮さまではありませんけれど、わたしも親しくしていただいてよい者ですよ。

さあ、こちらへいらっしゃい」

と光君さまがおっしゃると、姫君はさてはあのお方だったのかと気づいて、ま
ずいことを言ってしまったというふうに、わたくしに体をすり寄せて、

「ねえ、行きましょう。眠いんだもの」

とおっしゃいます。光君さまは、

「今更、どうして隠れたりなさるの。さあ、この膝の上でお眠りなさいよ。さ、も少しこっちへいらっしゃい」

とにこやかにおっしゃいます。

「御覧くださいませ。こんな頑是ない御様子でして……」

と、言いながら、わたくしが姫君を光君さまのほうへ手で押しやってあげると、姫君はされるままになって無心に坐っていらっしゃいます。光君さまは御簾《みす》の下から手をさしいれてさぐりつつ、お召物や髪にさわり、小さな手をおとりになったので、姫君は気味悪そうにして、知らない人がこんなに近づいてきて馴々《なれなれ》しくするのが怖いらしく、

「ね、寝ようっていってるのに」

と、無理に手を引こうとなさったのについて、光君さまはすっと御簾の中にすべり入ってしまわれたのです。

「これからはもう、わたしがあなたを可愛がってあげる人なのですよ。嫌わないでくださいね」

とおっしゃるではありませんか。わたくしは呆《あき》れて、

「まあ、とんでもない。あんまりでございます。いくらお聞かせになっても、ちっともなんの甲斐もありませんのに」

と、困り果ててしまいました。

「いくらなんでも、こんなお小さい人をわたしがどうするものですか。ただただ、世間に類のないわたしの愛情を終わりまで見届けてほしいものです」

とおっしゃいます。

霰《あられ》が音をたてて激しく降り荒れ、恐ろしい夜になりました。

「こんな少人数ではさぞ心細いことだろうに」

とあわれがってくださって涙さえ浮かべながら、見捨ててお帰りがたいようになさいます。

「早く御格子《みこうし》を下ろしなさい。薄気味悪い今夜の荒れ模様だから、わたしが宿直《とのい》の役を務めてあげよう。みんなせいぜい近くへ寄ってお付きしておあげなさい」

とおっしゃって、たいそう馴々しく、姫君を抱きあげてさっさと御帳台《みちょうだい》の中へ入っておしまいになったのです。なんという御無体なお振舞いをなさるのか、光君さまともあろうお方がと、皆と呆れ果てて思わず顔を見合わすばかりでした。わたくしはもう動転しきって、あんまりなとは思うものの、仰山に騒ぎ立てるわけにもいかないので、ため息をつくばかりでした。

姫君はすっかり怖がって、怯《おび》えわななき、美しいお肌も粟《あわ》だって震えていらっしゃいます。

それがまた可愛いとお思いになるのか、光君さまは肌着の単衣《ひとえ》だけでおくるみになって添臥《そいぶし》になりながら、しみじみとこまやかにお話しになられるのです。

御帳台の帷《とばり》がまくれているのをいいことにして、わたくしは心配でたまらず、近くからおふたりの様子を覗《のぞ》きみつめていました。

「ね、わたしのうちにいらっしゃいよ。珍しい絵なんかいっぱいありますよ。雛遊びもいくらでもできますよ」

など、稚い姫君の気に入りそうな話をなさる御様子がやさしいので、姫君は無邪気なお心に、はやもう怖さが消えたらしく、そうかといってなんとなく落ち着かない様子で、寝ることもできないまま、身じろぎばかりしていらっしゃいます。

夜一夜、風がものすごく吹き荒れました。

「ほんとうにこうして光君さまがいらっしゃってくださらなければ、どれほど心細かったでしょう。どうせなら姫君がお似合いのお年頃になっていらしたならば……」

など女房たちはささやきあっているのでした。わたくしは責任上、心配なので、御帳台近くにずっと詰めていました。

光君さまは夜通し姫君をこわれもののように大切に抱きかかえられたまま、それ以上のことはなさらずお過ごしになりました。

風が少し静まったようなので、まだ夜の明けぬうちにお帰りになるのが、まるでほんとうの情事でもあった後のようななまめかしい風情です。

「ほんとに可愛くてたまらない。今はましてこうして一夜を共に明かした後では、片時の間も気がかりでたまらなくなるでしょう。いっそ朝夕わたしがひとりで淋しく暮らしている場所にお移ししよう。こんなふうでよくまあ、今まで怖がらずにこられたものだ」

とおっしゃいますので、

「父宮さまもお迎えにこようとおっしゃいますが、尼君さまの四十九日が終わってからであろうと思われます」

とわたくしは申しあげました。

「実の父上は頼りになる方でしょうけれど、今まで別々にお暮らしになっていたのだから、姫君にとっては、わたしとたいしてちがわないよそよそしさでしょう。わたしは今夜はじめてお逢いしたが、姫君を思う心は父君以上にまさっていると思いますよ」

とおっしゃりながら、姫君をいとしそうに抱き撫でて、振り返り振り返りお帰りになりました。

日が高くなってから、男と女の恋のきまり通りに後朝《きぬぎぬ》のお文が届きました。姫君を喜ばせるため、絵なども一緒に届けてくださいます。

ちょうどその日、父君の兵部卿宮がおいでになりました。以前より荒れ果てて、広い古い邸に、いっそう人少なになり淋しいのを御覧になって、

「こんな所に、どうして少しでも幼い姫を置いておかれようか。向こうの邸も、ちっとも気のおける所ではない。乳母には部屋など与えるから今まで通りお仕えするがよい。姫は向こうにも姉妹がいることだし、仲よく遊んだりして、きっとうまくいくだろう」

などと仰せになります。

姫君を近くにお呼び寄せになると、昨夜《ゆうべ》の光君さまの移り香がお召物にしみていて、なんともいい匂いがするのを、

「ああ、いい匂いの香をたいているね。着物はすっかりくたびれているけれど」

と痛々しそうにおっしゃるので、わたくしは肌に冷汗がにじみ、顔色も変わるようでした。

「これまで、よく長い間、病気がちのお年寄りと一緒に暮らしてきたものだね。あちらの邸に行って向こうのみんなと馴染《なじ》みになるようにと言ったこともあったけれど、尼君がわけもなくお嫌いになったので、北の方も面白くなく、しぜんに疎遠になってしまって……。今頃、こんなことになって寄る辺もなくあっちへ行

くのも可哀そうだけれども……」

などと述懐なさいます。

「いいえ、それにも及びません。心細くてもしばらくはここにこうしてお置きになってはいかがでしょう。も少し、世間の道理がおわかりになるようになってからでも遅くはございませんでしょう」

とわたくしは申しあげました。

「まだ一日中、お亡くなりになった方をお慕いになりまして、ろくにものも召しあがりません」

姫君はこのところ急に面《おも》やせなさったのが、かえって品よく美しくなられたようにも見受けられます。

「何もそう悲しがらないでいいのですよ。亡くなった方のことをいくら思っても仕方がないでしょう。わたしがついているのだから安心なさい」

とおっしゃって、珍しくしみじみお話しになるものの、日暮れになると、やはり御本邸へお帰りになるので姫君はしくしくお泣きになります。

「そんなに思いつめてはいけませんよ。今日、明日にもきっと迎えにきてあげるから」

宮も涙ぐまれて、くりかえしなだめすかしてお帰りになりました。

その後はいっそう淋しさがまして、姫君は心細いのか泣いてばかりいらっしゃいます。これから先の御自分の運命がどうなっていくのか考えることもできず、ただ長年御一緒に暮らした尼君がいらっしゃらなくなったことだけがたまらなく悲しくて、まだ幼いお心にも淋しさがいっぱいになり、いつものように遊びにも身が入らず、昼のうちはまだしもまぎれていらっしゃるけれども、夕暮れになるとすっかりふさぎこんでおしまいになります。

「こんなふうでは、気のおける方々の中に交じって、あちらのお邸で暮らされるようになれば、どうなさることか」

と、わたくしは姫君がお泣きになる度、一緒に泣いてしまうのでした。

光君さまのお邸からは惟光がお使いに見えて、

「自分が伺わなければならないのですが、御所からのお召しで参内《さんだい》しますので……。そちらが気がかりですから」

と、お文にあり、宿直《とのい》の人も添えておよこしになりました。わたくしは、それが全く気にいりません。かりそめにも御縁組の初めは三日は通ってくるのが当然なのに、早くもこんなふうでは……。たとえあの夜おふたりの間に何もなかったとしても、一つ帳台で添寝なさったことを、世間では姫君が無垢《むく》に過ごしたとは思ってくれますまい。もしあの夜のことが父宮のお耳に入れば、お付きのわたくししどもの落度として、どんなにお叱言《こごと》をいただくでしょう。

「おお、怖いこと。姫君さま、決してうっかり、光君さまがお泊まりになったことを誰にも話されてはいけませんよ」

など言ってみても、一向に手応えのない他愛なさは、どうしようもありません。使いに来た惟光に不満や不安をいうしかありません。

「将来は、おふたりが御結婚あそばす宿縁があるのかもしれませんが、なんといっても今はまだ姫君がこんなに幼くていらっしゃいますので不似合いなお話です。光君さまの異様な御執心がなんとも不可解で不安でなりません。今日も兵部卿宮さまがいらっしゃいまして、しっかりお守りしてくれとおっしゃいましたのも、わたくしとしては気が重いのです。いったい光君さまはどこまで本気なのでしょうね」

などいいかけて、惟光にもまた姫君と光君さまの間にわけがあったと思われはすまいかと、途中で言葉もひかえてしまうのでした。

また惟光がまいりました。こちらはいよいよ明日、兵部卿宮側からお迎えが来るといってきたので、女房たちとその支度に大わらわの時でした。姫君の新しい着物を縫ったりするだけでも大変なのです。惟光の相手などろくにする閑《ひま》もありません。所在ないので惟光はすぐ帰っていきました。

次の日の暁方のことでございます。門を打ち叩《たた》く音に、まさかこんなに早く宮さまからのお迎えが来るとも思えず誰かが門を開けますと、妻戸を叩きしわぶきする声は惟光にちがいありません。仕方なく出てみますと、

「光君さまがいらっしゃいました」

というではありませんか。

「まだ姫君はぐっすり寝んでいらっしゃいます。どうしてこんな未明にお帰りなのですか」

と思わずいってしまいました。どこかのお通い所からお帰りの途中に立ち寄られたものと察したからです。

「兵部卿宮のお迎えが来る前に姫君に話しておきたいことがあって」

と澄ましておっしゃり、どしどし内にお入りになります。年とった女房たちがいぎたなく眠っている姿を見られるのも恥ずかしいのに、止める閑もなく光君さまはさっさと姫君のお閨《ねや》のほうへ入っておしまいになりました。

眠っていた姫君は光君さまに無理に抱き起こされて、父宮がお迎えに来たものと寝ぼけて思っていらっしゃる様子です。光君さまはそんな姫君のあどけなさを、さも可愛いという御様子で額髪などやさしく搔《か》きつくろって、

「さあ、いきましょう。宮さまのお使いでお迎えにきましたよ」

とおっしゃいます。姫君は父宮ではなかったと気づいて、びっくりして怯えていらっしゃいます。

「どうしてそう怖がって嫌うのですか、情けない。わたしだって父宮と同じ人間ですよ」

といいながら、抱きあげたまま外へ連れ出していらっしゃるのです。わたくしたちは呆れはてて、

「いったい、何をあそばすのです」

ととがめましたが、

「ここへは始終通えないので、わたしの邸へおつれする。兵部卿宮邸へ引きとられてしまえば、逢いにくくなるから、あわてて来たのだ」

とおっしゃるのです。

「誰か一人お供せよ」

とおっしゃっても、こちらは動転してしまい、

「今日はいくらなんでも具合が悪うございます。父宮さまがお越しになった時、なんとお話ししていいかわかりません。もっと自然に時を待ってくださったらどうにかなりましょうが、こんな不意打ちの一方的ななさり方では、わたくしたち女房の立場もなくなり、ほんとに迷惑でございます」

と訴えますと、

「それならいい、後から女房は来ればいい」

と冷たくおっしゃって、御車を建物に寄せさせるのです。わたくしどもが、あわてふためいておりますので姫君も不安になられたのか、泣き出してしまわれました。わたくしは昨夜縫いあげたばかりの姫君の新しいお衣裳《いしょう》をかかえて、自分の着がえもそこそこに、車に乗りこみました。

二条院《にじょうのいん》は近いので、まだ明けきらぬうちに着きました。光君さまは軽々と姫君を抱きおろされます。わたくしは、

「まだ夢を見ているようで……いったいどうしたらいいのでしょう」

とためらいますと、

「それはあなたの心次第だ。姫君はもうお移ししたから、あなたが帰りたいというなら送らせるよ」

とおっしゃいます。それでは責任がとれませんので、仕方なくわたくしも不承不承車から降りました。まだこんな有様が現実のこととも思われず、胸の動悸《どうき》もおさまりません。兵部卿宮がどう思われるか、姫君の将来はいったいどうなるのか、とにもかくにも、頼りになる尼君に亡くなられたばかりに……と思うと涙がとまりません。

姫君の通された西《にし》の対《たい》は普段はめったに使われなかったらしく、あわてて御帳台や屛風や几帳《きちょう》などを運びこんでいます。東《ひがし》の対《たい》から夜着なども取りよせて、光君さまと姫君はとにかくお寝みになりました。

姫君は急変した境遇に怯えて震えながら、

「少納言と寝たい」

とむずかっていらっしゃるお声が痛ましいほどあどけなく可愛らしいのも涙を誘います。

「もうこれからは少納言と一緒に寝んだりしてはいけないのですよ」

と光君さまがお教えになると、姫君はほんとに辛そうにわっと泣き伏してしまわれました。

わたくしはとても眠るどころではなく身じろぎもせず、ずっと起きつづけていました。

こんな御無体な、盗むようななされ方をして、一体この始末はどうつけてくださるおつもりなのでしょう。

次第にあたりが明るくなるにつれて御殿の立派な造りや、玉を敷きつらねたような白砂の庭や、すべてが光り輝くような見事なたたずまいが目に入ります。昨夜までの姫君のお住居のいかにも質素で見すぼらしかったことが改めておいたわしくなってまいります。

「女房がいなくて不便だろうから、あちらから、気に入った人々を夕方つれて来たらいいでしょう」

など気を遣ってくださいます。

東の対から姫君の遊び相手に特に小さい人々を四、五人呼び寄せてくださいました。

姫君はお着物にすっぽりくるまって寝たふりをしていらっしゃいましたが、ゆり起こされ、

「そんなにいつまでもすねてうじうじするものじゃありません。いい加減な男は、こんなに親切にはしないものですよ。女はとかく素直で心がやさしいのがいいのです」

と、もう早くも教育がはじまっているようです。

よほど姫君がお気に召していらっしゃるらしく、おもちゃや、面白い子供の喜びそうな絵などを、東の対から取り寄せてしきりに姫君の御機嫌をとり結んでいらっしゃいます。

光君さまは二、三日は内裏《だいり》へもお出かけにならず、ぴったり姫君のお側で暮ら

されました。姫君をなんとかして一日も早く手なずけようと苦心していらっしゃいます。

姫君のお手本になさるおつもりなのか、歌や絵を御自分で書かれたものも持ちこまれ、姫君にも筆をとらせます。

「まだ、下手《へた》で書けないの」

とはにかまれて見上げられるお顔がなんとも無邪気で可愛らしいのです。

「下手だからって、いつまでも書かないでいるのはよくありませんよ」

と、やさしく筆を持たされると、恥ずかしがって、横に向いてかくすようにしてお書きになりました。

「書きそこなってしまった」

と、恥ずかしがって隠そうとなさるのを無理にとりあげて御覧になり、

「ほう、なかなかお上手ですね」

とおだてて、わたくしに向かって、

「尼君はいいしつけをなさっていらっしゃいますね。将来楽しみなお手筋ですよ」

といってくださるのでした。

人形の御殿や人形をたくさん運びこみ、まるで御自身が童心にたちかえったよ

うに姫君と日がな一日お遊びになるのも、どういうお心づもりなのかと、呆れて見守るばかりでした。

残してきた女房たちには堅く口止めして、兵部卿宮さまにはわたくしが一存で姫君をどこかへお連れしてしまったと報告させました。

宮さまは故尼君が御本邸へ姫君をやるのをとても嫌っていらしたので、わたくしが勝手に出過ぎた真似《まね》をしたのだろうと残念がられていらしたようでございます。

女房たちもおいおいに西の対へ集まってまいりました。お遊び相手の童女や幼い子供たちも賑《にぎ》やかで、姫君も次第に馴れて無邪気にのどかに遊んでいらっしゃいます。

光君さまがお留守の日のたそがれ時などには、姫君はふと尼君を思い出されて泣かれることもありましたが、父宮のことはあまり思い出されない様子で、光君さまが外出からお帰りになると、いそいでお出迎えに出て、なつかしそうに留守の間のお話などし、懐に抱かれて、なんの屈託もない御様子です。

まだ全く嫉妬することも知らずひたすらなついていらっしゃるのが光君さまは可愛くてたまらないとおっしゃいます。普通、世間では、娘がこの年頃になると、もう父親と一緒に寝たりはしないものですが、ほんとに風変わりな御関係のおふたりなのでした。

世間でははたしてどのように噂《うわさ》が流れていますことやら。

葵

✸

あおい

葵上《あおいのうえ》のかたる

「御所にもあまり長く参内《さんだい》しないので、今日はじめてまいりますが、大丈夫でしょうね。もっと近く逢《あ》ってしみじみ顔も見たいし話もしたいものです」

あなたはいきなりわたくしの病室へ入っていらっしゃって、もうはや帳台《ちょうだい》の帷《とばり》をさっと引きあげておしまいになりました、病みやつれた様子を身づくろいする閑《ひま》もお与えにならないで。

「いつでも大宮がつきっきりでいらっしゃるので遠慮して寄りつけないのですよ。今日は秋の司召《つかさめし》（京官を任命する儀式）で左大臣も参内なさる御様子だし」

母がその支度で、父の部屋へ行った隙を狙ったのだと、女房たちを笑わせて、あなたはわたくしのやせ細った手を、つとおとりになりました。

思えばほんとうに長い間、あなたは珍しくこの邸《やしき》に留《とど》まっていらっしゃって、二条のお邸にさえおもどりになる気配もありませんでした。結婚して十年、長いようでなんと短い歳月だったことでしょう。その間、あなたがこんなにも長く、わたくしたちの邸に逗留《とうりゆう》してくださったことは一度もありませんでした。ほんの申しわけのように、それも父の左大臣の面目に対して、いかにも義理だけでという感じでこの邸に泊まってくださったのは、月のうち、幾日あったことでしょうか。結婚前の習慣の名残で、御所でお過ごしになるほうが楽しいしお気楽なのか、御所に、五、六日もいれば、この邸にはいいわけのように二、三日という割合で、それも、次第に途絶えがちになりました。

「なに、まだ、子供の御気分のまま無邪気でいらっしゃるのだよ。そのうち、恋にもめざめていらっしゃれば、この邸にももっと居ついてくださるだろう」

父はそう自分を慰めるようにつぶやいては、いっそう自慢の婿殿のお世話に励むのでした。

あなたが十二歳で元服なさった折、加冠《かかん》のお役目を帝《みかど》よりおおせつかった時の、父の喜びようは忘れもいたしません。その折、わたくしは母からあなたの元服の夜の添臥《そいぶし》に定められたことを聞かされたのでした。母は帝の妹ですから、あなたとわたくしは血の濃い従姉弟《いとこ》にあたります。四歳年長のわたくしは、もう添臥の意味もわきまえていました。右大臣家をお里に持つ弘徽殿《こきでんのにようご》女御の御腹《おはら》の東宮《とうぐう》から、妃《きさき》にとの内々のお話があったのを、両親がお断りしたという話も、女房たちのひそひそ話から聞いて知っておりました。

「左大臣さまは、もうはじめっから姫君を光君《ひかるのきみ》さまと一緒にさせようとお考えなんですもの」

「でも大宮さまだって、弘徽殿女御をとてもお嫌いになっていらっしゃるから、はじめからその話は無理よ」

「帝は東宮さまよりもずっと光君さまをお気に召していらっしゃるから、御後見《おんうしろみ》として、頼もしい左大臣さまをお選びになったのだと思うわ」

勝手なお喋《しゃべ》りにふける時、女房たちは最も生き生きしています。そして深窓に育てられて、俗世をいっさい覗《のぞ》かせられないわたくしのような貴族の家の娘は、女房たちの口から、見たこともない世間というものを漠然と空想するしかないのでした。彼女たちの噂《うわさ》で、わたくしはあなたが、この世のものとも思えない美しい御容貌とたぐい稀《まれ》なすぐれた才能とお心ばえにめぐまれていらっしゃることを知ったのです。

女房たちが童形のみずら姿のあなたのお可愛《かわい》らしさを惜しんでいるのを聞くと、お髪《ぐし》に剃刀《かみそり》をいれない前のあなたを、一目見たかったと憧れの心が湧くのでした。

はじめての夜、唐《から》の錦と羅《うすもの》で飾られた御帳台《みちょうだい》の中で、あなたを間近に見た時の、まばゆさと美しさを、わたくしは果たしてこの目に見たのでしょうか。それは光のようにわたくしを包みこんでしまい、正気もなくなり、わたくしは自分が冷たい金《かね》の人形になったような気がしていました。内臓まで、金か氷でつくられているように冷たく凍ってしまいました。

ああ、それはひとえに恥ずかしかったからです。兄弟の顔さえ、十歳くらいからはまともに見つめたことのない育ち方をさせられていたのですもの。お人形を二つ並べたようなあの夜のわたくしたちの上に、何が起こり、何事が語りあわれたでしょうか。

あれから、まだ十年しか経《た》っていないのに、わたくしはもう四十年も五十年も過ぎ去ったような気がいたします。

あなたは元服なさるのを待ちかねていたように、わたくし以外の女たちには、熱心に興味を示し、いつのまにか通い所も次々とつくられていくようでした。

故東宮の未亡人の六条御息所《ろくじようのみやすどころ》との浮名は、御息所の人望と人気の高さのゆえに、ひとしお人の口の端《は》にも上ったようです。

「七つの年上ですってよ、いくら美しい方といったところで」

若い女房が頓狂な声で言うのを、

「しいっ」

と、年かさの女房がたしなめているのを聞いたことがあります。わたくしも、あなたよりは四つも年上の妻なのですもの。四つ年上だというだけでも、わたくしはあなたの美しさと若さの前ですっかり萎縮してしまって顔がこわばり、軀《からだ》までこちこちになってしまうのです。愛嬌《あいきよう》がない、冷たい、気位が高い、面白くないと、あなたがわたくしのすべてを気にいらなく思っていらっしゃることがわかっていて、わたくしはあなたに甘えたり、心の紐《ひも》を解きはなったりすることがどうしてもできないのです。なんというぎこちなさと、自分でさえ苛々《いらいら》しながら、さんざん女たちと好き勝手な恋を愉《たの》しんだ後で、父への義理と世間体だけで、仕方なくわたくしの所へ訪ねてくるあなたの、あの魔薬のような甘い匂いの漂ってくるのをきいただけで、わたくしは肉体的な苦痛さえ伴ってきて、蠟《ろう》を流したように顔がこわばってしまうのです。

あなたの、耳に快い、胸に甘い閨《ねや》の睦言《むつごと》に耳をくすぐられても、もっと甘い言葉を、あの女にもこの女にもかけていられるのかと思うと、そのお余りのような情熱や愛のお裾分けにあずかる自分が、喪家《そうか》の狗《いぬ》のようにみじめに思われて、時には鳥肌さえ立ってくるのです。

女房たちは頼みもしないのに次から次へ、あなたの情事のお相手をさぐりあててきては忠義顔をしてわたくしに密告します。毒の盃《さかずき》を呑《の》まされるように、その度、わたくしは心の底まで冷えきってしまうのです。どこの誰とも知れぬ町の小路の女に魂を奪われ、女を死なせた後、まるで正気も失《う》せるほど、あなたが病みほうけられた時も、あちらこちらの宮の姫君たちに、まるで手当たり次第に恋の手をさしのべていられることも、いつからか二条のお邸には、まだ稚《おさな》いというのがふさわしい姫君を、どこからともなく連れてこられ、まるで后《きさき》にでもかしずくように大切にもて扱っていらっしゃるということも、世間ではそのお方こそ、あなたの正夫人で、わたくしはすでに捨てられた妻だと噂していることも……いいえ、もっと申しましょう。あなたがわたくしの許《もと》にお通いになったそのはじめから、わたくしの最も可愛がっている女房の中納言《ちゆうなごん》の君《きみ》にお手をつけてしまわれたことも、そしてその仲は今もまだ綿々とつづいていることも……すべてを存じあげているのです。

女房たちがそのことを知り、あんまりだといって、中納言の君に辛《つら》く当たり、女は気まずくなって、閑をとりたいと申し出たのを、母が恥を外にさらすようなものだと、いつになく頑としてお許しにならなかったことも、おそらくあなたはあの女との閨の睦言の中ですべてお聞き及びでございましょう。それでも一向に、あの女を愛されることをお控えにならないあなたの天衣無縫さは、無神経なのか、天真爛漫《てんしんらんまん》なのか量りようもありません。

あなたは気を許されている兄の頭中将《とうのちゅうじょう》に、なだらかな恋などはつまらない、障害があったり、禁じられたりする、叶《かな》いがたい恋ほどそそられるとか、お洩《も》らしになったと聞いております。親たちの取り決めたお手盛りのわたくしたちの結婚が、あなたにとっては最も魅力のないものだったのも、運命というべきなのでしょうか。

あの賀茂《かも》の御禊《ごけい》の日の見苦しい車争いのことは思い出しても恥ずかしく浅ましく、血も凍りそうです。妊婦の身で祭見物など思いもよらなかったのに、女房たちにそそのかされ、母までが気晴らしに出かけて、世間の人皆が見たがっているあなたの晴れ姿を見てくるようにとすすめたのです。

邸の中の奥まった薄暗いわたくしの部屋の中でしか逢ったことのないあなた、閨の内以外の場では、わたくしはほとんどあなたのお顔をまともに見たこともないのです。逢えばすぐ、冷たいとか、そっけないとか言われて、どんな表情をとっていいかわからなくなってしまうわたくしは、つとめてあなたから視線をそらすことしか考えてはいなかったのです。

あなたのお顔をしみじみ眺めるのは、あなたがわたくしの横で眠っていらっしゃる時だけです。若いすこやかなあなたの眠りは深く、どんな夢をさまよっていらっしゃるのか、時々ふっと嘘寝《うそね》をしているのかと思うほど、はっきりと微笑されることがあります。決してわたくしには聞かせてくださったことのない甘い声で、他の女の名を呼ばれることもあるのです。その名に嫉妬することにも馴《な》れて、いいえ、嫉妬をひそかに飼い馴らすすべを覚えて、眠っているあなたとなら、わたくしは安心して、裸の自分の心をあらわにして、あなたと会話もかわせるのでした。

眠っている人のことばに決して答えてはならぬと、年とった女房たちは教えます。夢魔がつくからだというのです。でも覚めていては気おくれがして恥ずかしさのあまり心も軀も鎧《よろ》ってしまうわたくしは、夢の中にいるあなたにだけは、素直な柔らかな心になって話ができるのです。

他の女の名を呼ばれるあなたに、わたくしはその名にふさわしい声をつくって「はい」と答えます。時によってはその声が夢にとどくのか、あなたはまるで覚めていらっしゃるようなはっきりしたことばで、次の会話に入られることがあるのです。二条のお邸の姫君がまだほんとに稚くて、お人形遊びなどに興じていらっしゃることも、六条御息所にあなたがどんなに気をかねていらっしゃるかなども、わたくしは次第に知ってしまいました。

眠っているあなたに、いつからか、わたくしのほうから話しかけ問いかけることを覚えてしまったのです。どんなに機転のきく女房たちでさえ決してさぐりあてることのできない、他の女と籠もる御帳台の中の秘密まで、わたくしは窺《うかが》い知ることができたのです。

あなたの子を妊《みごも》った後、悪阻《つわり》のひどさに、わたくしはほとんど寝たっきりになっていました。その苦痛からようやく解放された時でもあったので、ふっとわたくしは、太陽の下であなたのお顔を、あなたのお姿をしっかりと目に焼きつけておきたいと思ったのでした。なぜかあなたのいのちをわたくしの胎内にいただいた時から、この子のいのちと引きかえにわたくしのいのちは消えるものという予感がしておりました。あなたのような稀有《けう》なお方のいのちが、そうやすやすと分かち育つはずはないと思ったのです。わたくしのいのちを吸い尽くしても、胎内のいのちは育ってくれるようにと祈りました。あなたに愛されないままで、名目だけの妻として、この先幾年生き長らえたとて、なんになりましょう。わたくしのあなたは、眠っている時だけのあなたです。

そして、眠っているあなたは、いつでも、わたくしでない女人を、いとしさや憧れをこめて呼びつづけるのです。

あのお方を、まさかあなたが恋い焦がれていられると知った時の恐ろしさ。ああ、それだけは、今となっても口にも筆にもしてはならないことでした。もう一言聞きただしたいことがあったけれど、それは恐ろしくてどうしてもできませんでした。そうでなくてもわたくしは、あのお方のお名をあなたの口から聞いた時、その秘密を抱いたままでは、生きてゆかれないと思いました。それを知ったということで、わたくしのいのちは長くはないと信じました。もしもそれが空耳でなかったなら、あなたの罪の身代わりに、わたくしのいのちをお召しくださいと神仏に祈りつづけてきたのです。そうでもしなければ、わたくしのおなかのあなたの命がどうして無事に育ち生まれるでしょうか。

あの世へのお土産《みやげ》に、あなたの晴れ姿を、明るい新緑の陽光の中で一目、見つめたかったのです。

家来たちが、六条御息所の御車を見物の群れの中に見つけて、思いもかけない大狼藉《ろうぜき》が行われた時、主人のわたくしが止めもしなかったのが残念だと、そういうやさしさに欠けた心が、下々の者にまで染まって、このような不祥事を引き起こしたのだと、あなたは残念がってお怒りを洩らされたとか。兄の頭中将から、したり顔に忠告されたので知っております。

あの日のわたくしにとって車争いなど、眼中にもなかったのは事実です。

わたくしはあの輝かしい初夏の陽《ひ》の光や、陽光に輝く樹々《きぎ》の葉のきらめきや、祭に浮かれてあなたを一目見ようと、待ちきれず足踏みしている群衆などが、ふっと、灰色に透けて見え、まるでいつか通ってきた別の世の景色のように見えていたのです。車の中に重い軀をもたせかけて、わたくしは生きてきた自分の二十六年の歳月が、一瞬のように振り返られたのです。こんな明るい陽光も、こんなに無数の群衆も、生まれてはじめて目にしたから、かえって現実の世界とも思えず、一切が夢のように感じられたのでしょうか。

叩《たた》きこわされ、御簾《みす》が引きちぎられている御息所の御車こそが、わたくし自身の軀のように思えました。御息所のお心の痛みがひしひしと全身に伝わり、わたくしは車の中で息を殺し、ひとり涙を流しつづけていたのです。

御息所さま、あなたもお気の毒なお方。わたくしと同じように、今はあなたのこよなく愛される方の心の外に置かれたお方なのですもの。ご存じですか、ご存じないでしょうね、あの方のお心の底の底に秘められたほんとうの想《おも》い人《びと》が、どなたなのか。お可哀《かわい》そうな六条御息所さま。

わたくしのそんな想いが、屈辱にまみれた御息所のお胸に届くはずもありません。

あの日以来、どんなに激しく御息所がわたくしを呪い憎んでいらっしゃるか、わたくしには想像がつくのです。

一度おさまっていた悪阻は、あの日からまたぶりかえし、悪阻などとはいえない重い苦痛に、朝も夜も責めさいなまれる日がつづきました。物《もの》の怪《け》のしわざと人々は騒ぎののしるのでした。さすがのあなたも、そんなわたくしを見捨ててもおけず、あちこちの通い所に不義理をなさりながら、珍しく、ほんとうに珍しく、わたくしの側《そば》に居つづけてくださったのです。あなたのお手で集めてくださった高僧たちの御修法《みずほう》の声が、邸にいつでも重々しく聞こえていました。

父もまた父なりに御修法を行っているのでした。祈りたてられて、名乗りをあげる物の怪もある中で、わたくしにしっかり寄り添って片時も離れまいとする怨《おん》霊《りょう》がわたくしの苦しみの根源なのでした。

「生《い》きすだまだそうですよ。六条御息所や、二条の方などが、格別お恨みになっているところなので、そちらの生きすだまではないかしら」

女房たちのそんなはしたない囁《ささや》きも、苦しみの絶え間には耳に入ってきたりします。

物の怪がつくと、わたくしは胸がつまって呼吸もできなくなり、自分が自分でなくなって、さめざめとむせび泣いたり、空《くう》を掻《か》きむしったり、髪を振り乱してのたうち廻《まわ》ってみたり、あられもないことの限りを尽くすのです。全くの無意識ではなく、そんな自分の姿を、自分の軀から抜けだした魂が、部屋の天井の隅から見つめているのです。あわてふためいている両親やあなたに、わたくしはここよと告げたくても声が出ないのです。

ぬけがらのわたくしの軀についた物の怪は、わたくしの魂が抜けださない時にも取りつくと、もう悪鬼のように荒れ狂い、わたくしの髪をひき摑《つか》んでひきずり廻し、それでも足りずに、ちょうちょうと打ち据え、足に踏み据えて責めさいなみます。わたくしはおなかをかばうだけが精一杯で、いつも息も絶え絶えになってしまうのです。

物の怪が御息所の生きすだまだと、わたくしにははっきりわかっていても、それだけは口にはできません。自尊心の高い御息所のお胸のうちを思えば、そんなお気の毒なことがどうして言えるでしょう。

むしろ、気を失う時にはいつも、あの胸にたたみ隠している秘密を口走りはしないかと、そのことだけが気がかりなのです。

御息所の恨みの深さを思い知るにつけ、とうてい今度のお産は無事にはすむまいと思われます。わたくしがあなたの御子を妊ったことで、あなたの愛がわたくしひとりに固まるであろうという御息所の嫉妬の予見は、聡明《そうめい》なお方にしては、あまりにも大人げないと思われます。

覚えていらっしゃいますか。まだその時ではないと、みんなが油断していた日に、突然産気づいて陣痛がおしよせてきたのでした。あわててあるかぎりの御修法の数を増し、御祈禱《ごきとう》を強めてくださいました。

例の物の怪がとりついてしつこく離れようとしないので、効験《こうげん》あらたかを誇っていられる験者《げんざ》たちも、持てあましていました。それでも必死に祈りたてられたおかげか、わたくしの魂はすっと軀を抜け天井の隅に上ってしまいました。物の怪が調伏《ちょうぶく》されたおどろおどろしい声をあげて、

「少しお祈りをゆるめてくださいまし、大将の君に申しあげることがあります」

と言います。あなたをはじめ、まわりの人たちはそれをわたくしの声とばかり思っています。

女房たちが、

「ほらね、やっぱり何かわけがあるのでしょうよ」

とうなずきあって、あなたをわたくしの几帳《きちょう》の中へお入れしました。もうとても駄目だと見られるような重態の有様なので、両親も、遺言でもあるのだろうと、遠慮して少し座を外しました。加持《かじ》の僧たちも調伏の祈りをやめ、静かな声で法《ほ》華経《けきょう》を誦《よ》みはじめました。

あなたは帳台の帷子《かたびら》を引きあげて、大きなおなかを盛りあげたわたくしの見苦しい軀を御覧になり、わたくしの手をとって、

「なんというひどいことだ。かわいそうに。どうしてこうも辛い目にあわせられるのだろうね」

と言って、さめざめお泣きになりました。物の怪はだるそうになまめかしい目であなたを見つめ、ほろほろと涙をこぼします。わたくしはこれまでどんなに切ない時も、あなたの前でしおらしく泣くなどということはかつてなかったのです。あなたはわたくしがはじめて涙をみせたと感動なさり、しおしおと泣きつづける物の怪に向かって、

「そんなに深く思いつめるのはいけません。今にきっとよくなります。たといどんなことが起こっても、夫婦の契りは深く、必ずもう一度逢うことができるのです。また父大臣《ちちのおとど》も、母宮も親子の深い縁で、生まれ変わっても必ず再会することがあると信じなさい」

とやさしく慰めてくださるのです。物の怪はじれて、

「そんなこととちがうのです。あまりはげしく調伏されるので、苦しくてたまらないからお呼びしたのです。こんなふうに、ここまで魂が迷って来るなんて……夢にも思いませんのに、思いつめると魂は軀からほんとうに抜け出してきますのね」

と、なつかしそうに語りかける声は、六条御息所のものなのでしょう。あなたはぎょっと身をひいて、うとましそうな表情をとっさに隠すこともできず、

「わたしにはさっぱりどなたかわかりません、はっきりお名乗りください」

と言ううちにも、御息所のお姿や表情がありありと見えてきたのでしょう。その拍子に物の怪がすっと離れ、わたくしの魂が軀にもどったとみるなり、最後の陣痛がおしよせました。あわてて駆けよってきたみんなに抱き起こされ、わたくしはお産を果たしたのでした。

元気な産声《うぶごえ》と共に、

「男御子《おとこみこ》だ」

という声が聞こえました。

天井のあたりで物の怪が嫉妬のあまりののしりわめく声が聞こえ、それを打ち消すように怒濤《どとう》のような祈禱の声が高まりました。

後産《あとざん》も無事にすみ、わたくしは信じられないほど軽くなった軀で昏々《こんこん》と深い眠りに引き入れられてしまいました。

ちらと見せてもらった黒々とした髪と、つまんだような小さなお鼻が瞼《まぶた》に残って、もう永久にこのまま目が覚めないでもよいと思ったのです。

それでも寿命が尽きないのか、わたくしはまた目を覚ましました。お産の重かったせいか、産後の肥立ちが悪く、まだ重病人のようで枕も上がりません。

生まれた子の可愛さに邸中の者は気をとられて、わたくしの容態も日がたてば治るものと、楽観している様子でした。

赤ん坊は母の口からいうのも恥ずかしいけれど、あなたにそっくりで、整いすぎたくらいの美しい子です。

「こんな可愛らしい御子が生まれたのだもの、光君も、これからは今までよりこの邸に居ついてくださることだろうよ」

人のいい父大臣は相好を崩して、そんなことを言っています。

あなたはほんとうに、お産の後も一向に動かず、わたくしの側に居つづけてくださるのでした。

あなたがはじめて赤ん坊を抱きあげて御覧になった時、あなたの頬に光って落ちた涙を、わたくしは見てしまったのです。誰にも気づかれはしませんでした。わたくしもすぐ目をそらせて見なかったふりをいたしました。

しばらくして、あなたは思わずつぶやいてしまわれたのです。

「なんとよく似ているのだろう」

わたくしはあなたに背を向けたまま、訊《き》きかえしました。

「……どなたに……」

「東宮に」

とつい答えてしまって、あなたははっとしたらしく、わざとらしい笑い声をおあげになりました。

「そりゃ、似ていて不思議はないね。だって東宮は院の皇子《みこ》だし、わたしもまた院の子供だ。東宮とこの子は叔父甥《おじおい》になるのだもの。叔父似とか叔母《おば》似ということばがあるくらいだからね」

わたくしはお返事をせず、壁に向かったまま身じろぎもしませんでした。

帝は御寵愛《ごちょうあい》の限りもない藤壺《ふじつぼの》女御《にょうご》さまが皇子をお産みになると、やがて御《み》位《くらい》を弘徽殿女御腹の一の宮にお譲りになり、朱雀帝《すざくてい》の東宮には、新皇子をお立てになられたのでした。

この前だったと思います。藤壺女御さまが弘徽殿女御さまをさしおいて、中宮《ちゅうぐう》に立たれました。弘徽殿女御さまのお怒りをなだめるのに帝が手をお焼きになったなど、見てきたように女房たちが噂しておりました。

わたくしは薄氷を踏むような心持ちで、言わずにいられないことばを口にしてみました。

「そうですわね。それに藤壺のお后さまは、あなたのお亡くなりになった御母上と瓜二《うりふた》つというお話ですもの。御母上の俤《おもかげ》が帝よりもより多くあなたに伝わっていたとしても、この子が東宮と似ていても不思議ではありませんわね」

しばらくあなたは言葉もありませんでした。

わたくしはゆっくり寝返りをうって、あなたのお顔を見ました。

御安心あそばせ、誰にも口外はいたしませんことよ。

そう言ってあげたい気持が咽喉《のど》もとまでつきあげてきましたが、わたくしはだまってほほ笑みました。

あなたはほっとしたように、

「そういえばそうだね」

とうなずかれたのでした。覚えていらっしゃいますか、あの日のことを。

深い眠りの中のあなたに話しかけて、あなたのお心の底に沈めてある本当のお声を、幾度となく聞いたことがあると言いたくて、わたくしは自分の頰に血が上るのがわかりました。でもそれは死んでも言えない。いえ、その秘密を知ってしまったからこそ、わたくしは死ななければならないのです。

――お願いです。せめて、教えてください。皇子の父親は誰なのです。

――………………。

――嘘だっ、わたしは夢を見たのです。不思議な夢の夢解きをさせましたら、高麗人《こまびと》の占者が不気味な答えをしてくれました。

「怖いっ、もうおよしになって」

わたくしはいつでも怖くなって、あなたを揺り動かし起こしてしまうのです。

東宮がもしもあなたの御子なら、わたくしたちの息子は、東宮と兄弟ということになります。そんなことがあってよいものでしょうか。

帝は御譲位の後、院にお暮らしになるようになってからは、政務からも解放され、藤壺のお后とおふたりののどやかな自由を、心から愉しんでいらっしゃる御様子です。

かつては帝のいらっしゃる御所が、この邸よりはるかにあなたのお心を惹《ひ》きつけておいででした。

そして帝が院にお入りになってからは、あなたは御所に伺候するよりも、ずっと院に御機嫌伺いにいらっしゃるほうが多いとお察ししています。

夢の中であれほど切ない声をあげてあなたがお呼びになるあのお方は、どんなにかお美しいことでしょう。後宮《こうきゆう》のすべての女たちの顔色をなくならせたというあなたの御母上にそっくりだというあのお方は、どんなにか魅力あふれたお方でしょう。

あのお方は、あなたの義母に当たっていられても、わたくしより一つしかお年は上ではないのですもの。六条御息所よりは二つもお若いのですもの。六条御息所や、二条のお小さいお方や、まして中納言の君などに、わたくしは嫉妬などはしていません。そんな気位の低い女に育てられはしませんでした。

今だから申しあげたいのです。もうやがて死んでゆく今だから、告白したいのです。

わたくしがあなたの背後にいつも感じ、怯《おび》えつづけ、敗北感に悩まされていたのは、ただひとり、あのお方だけだったのです。

「今朝はかくべつ美しく見えますよ。女は子供をひとり産んだ後がいちばん美しいといわれているけれど、本当ですね」

あなたは、わたくしの額髪をかきあげ揃《そろ》えて、この上なくやさしいお声でおっしゃるのです。それならあのお方だってと、声はのみこんで、わたくしはあなたをしみじみと見つめました。

「まなざしまでこの頃のあなたは、ほんとにやさしく女らしくなった。それにしても、今だから言えるけれど、あの時はもうほとんど助からないとみんな思っていたものでしたよ」

「これからだってわかりませんわ」

「いやもう大丈夫だ。今朝なんか頬に血ももどってきて、とても美しい。話したいことがいっぱいあるけれど、まだ病後でいかにもけだるそうだから、この次にしましょう」

とおっしゃり、女房の手から薬湯を取りあげて、

「さ、お薬をおのみなさい」

と、片手でわたくしの背をなかば起こして抱きかかえてくれ、薬湯がのみやすいように世話をやいてくださるのです。

いつの間にそんなことまで覚えてしまわれたのかしらと、不思議な気がいたします。

しばらく気恥ずかしいほどこまごま面倒をみてくださった後で、たいそう爽やかに装束もお召し替えになって、いよいよ外出なさるのです。

「院などへもついでに参上して、すぐ退出して来ましょう。あなたもだんだんお気を強くもって、自分から治そうと心をはってください。大宮があんまりいつまでも甘やかして子供扱いなさるから、かえって快復が遅れているのかもしれませんよ。では行ってきます。留守の間ほんとに気をつけるんですよ。できるだけ早く帰ってくるから」

これ以上あろうかと思われる情愛のこもったやさしい言葉をかけてくださって、あなたは颯爽《さっそう》と出て行かれました。

もう一度振り返ってもらいたくて、「あなた」と、声にならない声で呼んだら、あなたはまるで聞こえたように振り返って、にっこりうなずいてくださったのです。

さようなら、あなた。たぶん、あなたが院の御所で、御簾越しにあのお方と久々の御対面をなさっている頃、わたくしはこの世にひとり別れを告げて旅立っていることでしょう。

ではさようなら、あなた。この世で誰よりも愛しているあなた、さようなら。

紫炎

✸

しえん

六条御息所《ろくじようのみやすどころ》のかたる

あれは秋の霧の濃く深い、まだ明けやらぬ朝のことでした。わたくしの腕《かいな》を枕にかぐわしい寝息をたて、あなたは深い眠りの淵《ふち》に沈みきっていられました。

昨夜一睡もさせられず、あなたの若々しい情熱に揉《も》みしだかれたわたくしの軀《からだ》は、流れ藻のように力萎えているくせに、身うちからいずみ湧くような熱に火照り、蠟《ろう》細工のようなあなたのすべらかなお軀を、とかしてしまいはしないかと危ぶまれるほどでした。

幾度《いくたび》そっとゆすってさしあげても、幼い子供のようにいやいやをして、夢の中でいっそうひしとわたくしに抱きつき、乳房の谷に美しいお顔をすっぽりと埋めこもうとなさる。からみあった脚や腕が、誰のものとも見定めがたいほどひとつにとけあって……。

その時、あなたは紅珊瑚《べにさんご》のようなお唇からほのかに洩《も》らされたのです。

「かわいい……」

肩に掌《て》をかけて、揺り起こしかけたわたくしの呼吸がとまっていました。かわいい……あなたの口からは決して聞かされたことのない愛のことばでした。「うつくしい」とか「恋しい」とか口にされても……。

夏の頃からしきりにお通いあそばすと聞く五条わたりの夕顔《ゆうがお》の籬《まがき》の賤《しず》が家《や》の女が、みるからに稚《おさな》げでたおやかな風情とか……昨夜のおあつかいの中に、これまでにない荒々しいほどの激しさがあったのも、夕顔の籬の女への、気のおけない愛撫《あいぶ》の習いが、ふとお出になったのでしょうか。胸にこみあげるものを抑えこみ、思いきって強くお起こししたら、まだ目のさめきらぬ御様子で不承不承閨《ねや》から立たれ、何やらため息をおつきになり、

「まだこんなに暗いのに、あなたはいつでも早くわたくしを追い出してしまいたいのですね。ほんとに薄情なお方だ」

などとだだをこねながら、几帳《きちょう》の外へお出ましになりました。中将《ちゅうじょう》の君《きみ》がお見送りあそばせというように、御格子《みこうし》を一間《ひとま》だけ開けて几帳をつとずらしました。

わたくしは思わず身を起こして、あなたのお姿を乱れかかる黒髪のあわいからうち眺めました。前栽《せんざい》に乱れ咲いた色とりどりの秋草の花に、うっとりと見とれ

て去りがてに簀子《すのこ》に佇《たたず》んでいらした御様子のたぐいないお美しさ……どんな花もあなたの美しさの前には色あせ、匂いも消されてしまいます。あなたを拝すべての人が目がつぶれるのではないかと畏《おそ》れたほど、あなたの清らかではなやかな美しさは、この世のものとも思えない妖《あや》しささえたたえていられました。

はじめから七つも年かさという年齢の差が恥ずかしく苦しく、わたくしはあなたに夜離《よが》れされる夜毎《よごと》、恨みで乾ききった咽喉《のど》に、まるで陀羅尼《だらに》のように、わが年を口ずさみつづけていたものでした。身の程を知れとばかりに……。

そうでした。あの朝、あなたを門のきわまでお見送りに出た中将の君が、頬を赫《あか》らめて部屋にもどった時のことです。

紫苑色《しおんいろ》のさわやかな小袿《こうちき》に羅《うすもの》の裳《も》をすっきりと引き結んだしなやかな腰を、なまめかしく弾ませたと思うと、中将の君の裳のあたりから、さっと、吹きつけるように、あなたの濃い匂いがただよい、わたくしの顔を打ったのです。

一瞬たりとも忘れることのないなつかしいかぐわしい匂い、誰のものでもない、この世でただひとりの光君《ひかるのきみ》さまのお肌からただよいかぐわってくる、えもいえぬあのあえかな香り……あなたにかりそめにも抱かれた女なら、その稀有《けう》な移り香を消すまいとして、四、五日は、身じろぎさえはばかられたあの狂おしいほど妖しくもなつかしいあなたの匂い……その匂いの中から、あなたのお手が中将の君のまろやかな肩にかかり、渡殿《わたどの》の隅の欄干に、切り花の束でも置くように押し据えられるさまが、まるで鏡の中を見るように鮮やかに浮かんでくるのでした。

「嫉妬深いのが珠《たま》に瑕《きず》です。こんなにも高貴で、優雅でいらっしゃる方が、なぜ……」

口癖におっしゃるあなたのおことば、その度わたくしははじめてのように、身も世もなく恥ずかしく思うのでした。

分をわきまえたわたくしの賢い女房たちは、あなたの気まぐれのおたわむれの意味を、決して取りちがえるようなことはいたしませんでした。美しい蝶々《ちょうちょう》のように花から花へ、蜜を吸っては気まぐれに移り渡られるあなたが、ほんの翅休《はね》めに自分の上に寄られたとしかみていないのでした。主人のわたくしをさしおいて、あなたの愛を自分に引きつけようなどとは、みじんも思わないいじらしさです。

それなのにわたくしは、あなたのどんなほのかな目まぜも、手の動きも、決して見逃すことはなく、わたくし以外のどの女とのかすかな関わりも見過ごすまいとして、物狂おしく気を張りつめ暮らしていたのでした。なんという切なさ……。

人一倍、誇り高い心に、一途《いちず》に何事も思いつめる心情が重なって、浮気な人のつれない仕打ちを、年上の女らしく、さらりと受け流すことのできないのが、わたくしの持って生まれた業《ごう》でした。

わずか五年ばかりの短い年月とはいえ、東宮妃《とうぐう》として宮中に時めいた日もあるこの身が、七つも年少のあなたのひたむきさにめくるめき、あれほど拒みつづけた閨の戸もたわいなく破られ、恥ずかしい浮名を人の口の端《は》に上らせる身の上になり下がろうとは……。

夜も昼も、まるで矢のように訪れる恋文《こいぶみ》は血を滲《にじ》ませ、はてはこの恋かなえられぬならば生きても甲斐《かい》ないと、食まで断たれた時の恐ろしさ、東宮なきあとは、姫宮の養育をひたすらに、ひっそりと六条の邸《やしき》で淋《さび》しくすがすがしく暮らしていたわたくしの静謐《せいひつ》と平安は、あなたの若さと情熱の前にもろくも根こそぎ打ち払われたのでした。

恋を得た若いあなたの晴れやかな笑顔を仰ぐのも気恥ずかしく、恋に陥《お》ちたその日から、いいえ、その刹那からわたくしの苦悩と懊悩《おうのう》の幕が切っておとされたのでした。

あなたの夜離《よが》れがはじまったのは、あなたがわたくしに断食してみせた日から、半年と経《た》ってはいなかったのです。わたくしの乳首を赤子のように唇にふくみ、「わたくしの三歳の時なくなった母も、こんなまろやかでやわらかい美しい乳房を持っていられたのだろうか」

とさめざめと泣かれたあなたは、わたくしに女をではなく、母を需《もと》めていられたのでしょうか。

あなたが中川《なかがわ》の伊予介《いよのすけ》の妻女に心惹《ひ》かれ、通われたとか、いやその継娘《ままむすめ》のほうに通じられたのだとか、わたくしの邸へ通われる途中の夕顔の籬の女は、御身分がらもわきまえぬ外歩きに運び出され、なにがしの邸とかで物の怪《もののけ》にとり殺されたのだとか……さまざまなお噂《うわさ》は、網の目のようにつながった女房たちの血縁から血縁へと囁《ささや》かれる内緒話で、耳をふさいでもふさいでも伝わってくるのでした。

あなたの御元服と同時に正妻となられた左大臣家の葵上《あおいのうえ》さまとのお仲は、冷えきったものだという噂から、女房たちがひそやかに、

「それではこちらと同じくらいに、夜離れあそばしていらっしゃるのかしら」

「それはやっぱり左大臣家へのお義理があって、まさかこちらのようにお見かぎりともならないでしょうよ」

などと囁くのを耳にした時は、いっそこのままこの身が息絶えてほしいとさえ願いました。

葵上さまとのことは、あなたがわたくしの許《もと》にお通いになることをゆるす以前

から、よくあなたの口から承っていたものでした。いいえ、もっとありていにいえば、あなたは葵上さまとの間のことを相談する形でわたくしに訴え、同情をひこうとなさったのです。

「わたしが十二歳で加冠《かかん》したその夜、添臥《そいぶし》に葵上が選ばれていたのです。後宮《こうきゅう》で女たちの間でちやほやされ、ませていたとはいえ、わたしは女に対してはまだ憧れしか持っていませんでした。父帝の妃《きさき》たちはみな美しく優雅で教養豊かで魅力的でした。とりわけ藤壺女御《ふじつぼのにょうご》などは亡き母に生き写しと聞いただけでもなつかしく慕わしく思われました。

女房たちはみんなやさしく才気にあふれ、いきいきしていました。物心ついた頃から女たちに取り囲まれ、女たちの匂いにむせて育ったのです。

加冠の役を左大臣にあてたのは、父帝の深い考えからだと思います。臣下に下したわたしの後見役として最高の人を選んでくれたのでしょう。わたしも左大臣が好きでした。上品で心が広く男らしい人です。

左大臣が冠《かんむり》をかぶせてくれる時、その目に涙がきらめいたのを見て、いっそう好きになりました。

左大臣に伴われて、その夜左大臣邸へ行き葵上と結婚すると聞かされても、ごく自然に受け入れました。左大臣の北の方は父帝の妹ですからわたしの叔母《おば》です。

葵上はまだ見ぬ従姉《いとこ》ということになります。わたしより四つ年上と聞かされましたが気になりませんでした。十二歳のわたしにとって、自分より年下の女の子は遊び相手の子供としか考えられません。

　はじめて逢《あ》った葵上は端正な顔だちをして化粧もゆきとどき、上品で気高く申し分なく美人でした。恥ずかしいのか誇り高いのか、自分からは決して口を開こうとはしません。固い金《かね》の鎧《よろい》でもつけているような感じです。というより、鋳物の観音さまといったほうがふさわしいかもしれない。とにかく固く冷たいのです。添臥役としてわたしを誘導するなんてできるはずもありません。さんざんな初夜でした。わたしは葵上に嫌われているのではないかと思いました。

　左大臣が申し分なく尽くしてくれますので、わたしは左大臣を悲しませたくないため、この結婚を守っています。でも葵上とはいくら年を重ねても打ちとけてくつろいだ語らいをしたことはないのです。たぶん、葵上はわたしのような男と結婚したことを後悔しているのだと思います。後でわかったことには、東宮妃へという熱心な申し入れが弘徽殿《こきでんのにようご》女御のほうからあったとかいいます。臣下に下ったわたしの妻になるより、東宮妃になり、やがては国母《こくも》にもなられたほうがふさわしい気品をそなえています。妻に愛されない男ほど自信を失うものはありません。わたしが多情だなど世間では非難されていますけれど、わたしは女性のやさしさ、あたたかさに包まれたいだけなのです。でもまだ葵上ほど冷たい情のこわい女には逢ったこともありません」

あなたは御自分の言葉に酔われるお方です。この時も途中から、まるで物語を作っている人のように、御自分の言葉をつむぎだし、妻に愛されない夫のお話に酔っていらっしゃるようでした。

ある時はまた葵上さまの冷たい例としてこんな話もなさいました。

「今日ほど情けない思いをしたことはありません。

このところいろいろ公事が多くて、内裏《うち》泊まりが多かったので、葵上にも悪いと思って久々で左大臣家へ訪ねたのです。夫婦仲がしっくりいっていないのを感づいている左大臣は、わたしが行くたび涙を流さんばかりに喜び、あらゆる歓待をしようと右往左往します。その日は葵上の兄の頭中将《とうのちゅうじょう》もいて兄弟たちの他に若い公達《きんだち》も集まってきて、愉《たの》しい宴会になりました。それというのも、久々で訪れたのに葵上は気分が悪いからと女房にことわらせて逢おうともしないからです。左大臣や頭中将が気をもんで挨拶ぐらいには出てくるようにといっても頑として きかないのです。こういう点はわがままというより自分の気持をまげないという強さでしょう。その晩、琵琶《びわ》湖の鮎《あゆ》を持ちこんだ人がいて庭で焼いて食べました。あんまり美味《おい》しかったのでわたしが葵上にも持たせてやったら、きらいだとつっかえしてきたのです。

そういうかどのたつ言動のひとつひとつがわたしの心に突きささります。愛さなければとつとめればつとめるほど、葵上との仲は冷たくへだたってしまうのです。わたしだって、あたたかな家庭があるなら、何も外に夜歩きはしたくないのです」

あなたは美しい目から涙をあふれさせ、わたくしに訴えつづけるのです。

愛さなければとつとめるような感情はもはや愛ではありません。あなたは葵上さまを愛していらっしゃらないし、むしろ、あなたに頑固に楯《たて》つき通す葵上さまのほうにこそ、素直に表現できないほどもつれきってしまった切ない屈折した愛がくすぼり燃えているのではないでしょうか。あなたはわたくしの言葉をまるで儀礼的なとりなしと受けて、軽く笑いとばしました。

「屈折した愛ですって、そんなものを男は女に需《もと》めるものですか。男はいつだって女の素直な脇目もしない、一途な、やわらかな心をほしがっているだけです。一緒になって燃え上がり、燃えつきて、どちらのものともわからない灰になってとけあってくれることだけを望むのです」

若いあなたは、あの頃ほんとによく話されました。朝まで眠りもせず話しつづけるあなたとおつきあいし、わたくしは顔に滲《にじ》みだすであろう疲労のあとを気づかれまいとして、灯《ひ》の向きや炎の強さばかりに気を奪われていたものです。

人一倍誇り高い心、自分をまげない自尊心、そんなものは女にとってはむしろ障《さわ》りになるつらい性情でしょう。けれどもわたくしもそれを人一倍強く持っています。だから、むしろ葵上さまのかたくなに閉ざした心の殻の中に押しこめられた熱いやわらかな心情の切なさがわがことのようにわかるのです。

葵上さまに代わって、あの頃のわたくしはどれほど葵上さまを弁護し、かばったことでしょう。将来あなたの情事のために嫉妬するようなことがあっても、葵上さまにだけは嫉妬することなどはなかろうと思っていたのです。わたくしと葵上さまは同じ星から来た同じ種族のような親近感さえ一方的に抱いていましたのに……。

その葵上さまがあなたの御子《みこ》を妊《みごも》られたらしいという噂を耳にした時の驚き。全身の血が逆流するかと思う動悸《どうき》を抑えかねて、その場につっ伏してしまいました。

あなたの御子、あなたの胤《たね》……それ以上決定的な強い絆《きずな》があるでしょうか。あなたの年でもう女房たちに子を宿らせる公達は数えきれないくらいいます。貴族の家庭ではそれを忌《い》み嫌うどころか、むしろみめよい女の子であった場合などは、将来の后《きさき》にもと夢を描き、喜びさえいたします。

あれほど自由に遊び、情事の花をつみとっていたあなたに、御子のないのがむしろ不思議だったくらいです。結婚なさって十年めにようやく子宝を恵まれた葵上さまは、やはりあなたのれっきとした北の方だったのです。

これでいよいよ正妻としての重みと箔《はく》がおつきになり、そのお立場は愛などと関わりなく、いっそうゆるぎもないものになっていくことでしょう。

それにつけてもかえりみられるのはわたくしの立場、あなたの数えきれない通い所のひとつでしかなく、それも年と共に忘れられていくみじめな立場、恋しさと淋しさと恨みが、次第に心の奥で凝りに凝って、冷たい暗い氷室《ひむろ》のように胸が冷えきってゆく時、一匹の鬼がわたくしの心の底に、じっとうずくまり棲《す》みはじめたのです。

あのまま、淋しくとも、あなたの理不尽な誘惑を拒み通していたなら、六条《ろくじょうの》御息所《みやすどころ》として貞淑の名で崇《あが》められ、趣味豊かな華やいだ雰囲気と、選《よ》り集めた若く美しい女房たちに集いよってくる若い公達で賑《にぎ》わい、管絃《かんげん》の音が絶えず、花よ、月よ、紅葉《もみじ》よと、四季それぞれの情趣を味わって、心のどやかに過ごせていましたものを……。あなたとの浮名で恥ずかしい名を残した上、更に忘れ捨てられた女という惨めな烙印《らくいん》を押され、なおそれでも生きているのは、つれないあなたへの断ちがたいみれん一筋なのかと、わが心の奥を覗《のぞ》きこんだ時の恐ろしさ。

煩悩の炎とは、消しても消してもめらめらと青い舌をあげて身の内の臓《はらわた》という臓を焼き尽くすものでした。

お手紙だけは、いいわけがましく、甘いことばばかりを上の空に書きつらね、途絶えもせずおよこしになる上、もう忘れたような時に、ふいに時雨《しぐれ》のように立ち寄られたりすれば、思いあきらめようとなだめすかしている心が、たちまちみれんに掻《か》き乱され、いやまして深い煩悩にさいなまれるはめになるのです。蛇のなま殺しとはこんなお扱いをさすものかと、眠られぬ夜を幾夜悶《もだ》え明かしたことでしょう。会えば限りもなくおやさしく、耳に快いことばを、軀にはこまやかな愛撫を、そして目にはこの世の法悦のかぎりのような美しいお姿をお与えくださるあなた、あなたは神か、仏か、それとも悪魔のたぐいなのでしょうか。とても並々の人とも思えない魔力と魅力のないまじったお方でした。

「せめて、一度でも光君さまに抱かれたい、その場で命を奪われても」

はした女《め》が、庭の草をむしりながらそんな話をしていたのを耳にした時、わたくしは思わず重いため息をもらしていました。恋のすべてがこのような焦熱の地獄を味わわせてくれるものとも知らぬはした女たちの憧れが、あわれともいとおしく思えたのです。

あなたとの恋は、わたくしに喜びよりも苦しみを、愉しみよりも底しれぬ悩みを与えてくださいました。お情けで恵まれる逢瀬《おうせ》の後には、更に深い屈辱と憂悶《ゆうもん》が昏《くら》い口をあけてわたくしをのみこみました。

もう逃れるしかない。捨てられたわたくしにせめて残される誇りがあるとすれば、形の上だけでも、われからあなたを捨て去ったふりをすることではないでしょうか。

亡き東宮との間に生まれた姫が斎宮《さいぐう》に選ばれ、神に仕える身として伊勢《いせ》に行くと決まった時、斎宮がまだ若いからという理由で親のわたくしがついて下向するなどという思いきったことを考えついたのも、あなたから、あなたのいるこの都から遠ざかりたかったからなのです。あなたに捨てきってしまわれる前に、あなたから去りたい。

はじめてあなたの情熱に打ち負かされた夜から、あなたは一夜もあけず六条の邸へ通いつづけてくださいました。それはもうわたくしを他の男に取られまいとして一晩も休みなく訪ねてきて見張りつづけたあなたと同じ情熱でした。そのことに馴《な》れきっていて、わたくしは毎晩訪れるあなたを当然とさえ思っていたのです。若い駿馬《しゅんめ》のように走っても走っても疲れを知らぬあなたの活力に、時には殺されるかと思いながら、わたくしはいっそこのままあなたの胸の下で息絶えたらどんなに幸せだろうと瞬間の目まいを幾度もくりかえしたことでした。

連日連夜のお訪れが、ふと気づくと、隔日になって、またしても気づくと三日ごとになっている。そしてその後、七日に一夜、十日に一夜と、あなたの足の遠のく速さは潮のひくより速く確実だったのです。

そのことに気づくのがなんと遅かったこと。いいえ、つとめて気づこうとせずそのことから目をふさいでいたというのが正しいのかもしれません。

夜離《よが》れの苦痛など、あなたに逢う前のわたくしには想像もできませんでした。東宮さまはわたくしひとりをひとすじに愛してくださいました。お亡くなりになるまで、どんなにすすめられても他のお妃をひとりもお入れにはなりませんでした。あなたとわたくしの愛を競った公達や宮さまたちも、みんな真剣な思いつめた瞳を真《ま》っ直《す》ぐわたくしに注いでいらっしゃいました。愛されることしか知らなかったわたくしに、愛する苦しさを覚えさせたのがあなたなのです。

恨めしいあなた、それにもまして恋しいあなた、伊勢下向を思い惑いながら、その噂を聞き伝えたあなたが、さすがにあわてて駆けつけてきて、とんでもないことをと、わたくしの下向をお引き止めくださるのではあるまいかとの、蜘蛛《くも》の糸のようなはかない望みも、甘い空だのみだと思い知らされて、惨めさは、もう救いようもなく、孤独なわたくしを幾重にも取り囲んできたのです。

そこまであなたにうとまれきった原因が、ただひとつわたくしにはおぼろげに思い当たる情けなさ。まさかこの身に棲みついたあの不吉な醜い心の鬼が、あのようなあられもないことをしでかそうとは、誰が思い当てることができたでしょう。

初産《ういざん》の床で物の怪に苦しめられ、見るも無残にのたうちまわる葵上さま、その白いかさ高くふくれた臨月の腹、左大臣のお邸じゅうに怒濤《どとう》のようにとどろきわたっている御修法《みずほう》の加持《かじ》の名僧たちの読経《どきょう》の声のものものしさ、護摩《ごま》をたく油と芥子《けし》の胸をつくはげしい匂い、尋常の物の怪ではないと、比叡山《ひえいざん》の御座主《おんざす》や、霊験で名高い尊い聖《ひじり》たちが、さらに声をかぎりに祈りたてる中で、悶えていた葵上さまが弱々しく絶え入るような声をおあげになる。

「ああ苦しい。もう少し御祈禱をゆるめてくださいまし。大将の君に申しあげたいことがございます」

あわてて几帳の中へ入られたあなたは葵上さまのお手を取り、

「可哀《かわい》そうに……。なんという悲しいめをお見せになることやら」

とお泣きになる。産婦は弱々しくあなたを見あげて、ふいにほとばしるようにお泣きになる。

「そんなに悲しまれると軀に障ります。今は苦しくても、お産がすめば楽におなりです。さ、気をたしかに持って、ここを耐えてください。夫婦の縁は親子より深いのです。必ず幾世かけてめぐりあう濃い縁なのですよ。わたしがついています。お気をたしかに」

「いいえ、そんなことではないのです。あまり祈りたてられて苦しいので……しばらく調伏《ちょうぶく》の御祈禱をやめさせてくださいまし。まさか、こうしてここまで魂が迷いあくがれてこようとは、夢にも思いませんでした。なんということ。ほんとうに、思いつめる人の魂は、その軀から抜け出して、このようにさまよい歩くものなのでございましょうか」

その声は葵上さまのひくいやわらかなお声ではなく、誰あろう、このわたくしの細く、高い、よくとおる声なのです。

「そういうお声は……や、や、お姿までこれは葵上さまではない、まぎれもなく六条御息所ではないか」

わなわなと震えながら、あなたは思わず病人の手をふり払い、後ずさりあそばした。

なぜ、そのようにあなたのお心のうちが透けて見えるのか、いぶかしがっていらっしゃいますのね。だってあの場に居あわせたのは、葵上さまと、あなたと、わたくしのうつし身から抜け出した生霊《いきりょう》だけだったではありませんか。

ああ、あんなに切ない、みじめなことはなかった。葵上さまのお産が近づくにつれ、これでまた、あなたがわたくしから遠ざかってゆくもっともらしい理由が増すのかと、わたくしの憂悶は底もない無明《むみょう》の闇にひきずりこまれてゆくばかりなのでした。何という病名もつかないまま、日一日と身も心も弱りはて、夜、昼のけじめもないとりとめない物想《ものおも》いにとらわれ、ひねもす、うつらうつらと夢見ごこちで、正体がないとは、このようなことをいうのかと思い知らされておりました。

そんな状態の中から、なぜ物に憑《つ》かれたように、華やかな御禊《ごけい》の見物など思いたったのでしょうか。

今はもう天下に噂をまきちらしてしまったあの車争い……。想い出しても、まだ口惜《くや》しさ恥ずかしさに、毛穴という毛穴から屈辱の汗が吹きだし、骨の髄まで揺るぎだします。もうあなたと別れるにはこの方法しかないと、伊勢下向を心に定めながら、なお断ちきれぬあなたへのみれんに、心を引き裂かれていた折柄、御禊の供奉《ぐぶ》のあなたの晴れ姿をせめて陰ながらにでも見おさめにしたいものと、できるだけ目立たぬようやつした網代車《あじろぐるま》で、こっそりと出かけたのでした。

選びぬかれた美々《びび》しく凛々《りり》しい上達部《かんだちめ》たちが、この日を晴れと、眼《め》もさめるばかりに飾りたてていらっしゃる中にも、光君さまのお姿を一目拝もうとして、近在近郊は申すまでもなく、遠い田舎《いなか》から妻子までひきつれて、はるばる見物に上って来た者までいるとか……そうまで人々が憧れ仰ぐそのお方が、わが想い人よと、胸が波だつ晴れがましさ。ああ、このひそやかな幸せひとつさえ、別れのさまたげになりそうです。

びっしり立てこんだ物見車の中にまぎれこみ、片隅にひそやかに車をたてかけて待ち望んでいた時でした。

急に騒々しい車輪の音をあたりいっぱいに響かせて、賑々《にぎにぎ》しく何輛《りよう》もの車を連ねた一行があらわれたのです。

きわだって真新しく塗りあげられた女車の御簾《みす》の下から、出衣《いだしぎぬ》の匂いもうるさいほど派手派手しく目立つさままで、ゆかしさがありません。恐れげもなく先着の車たちの中に割りこみ、無理矢理、席をとろうとする厚かましさ。こんなに遅れてきて、人も無げなその厚かましい振舞いに眉をひそめずにはいられません。

お供の人数も仰山なほど多く、その衣裳《いしよう》もこれみよがしの派手派手しさ。見るからに時の権勢を笠《かさ》に着ての思い上がった態度でした。

「左大臣家の車だ」

「葵上さまのお乗物だぞ」

供の者の中からそんな声が誇らしげに聞こえます。

権柄《けんぺい》ずくでそこらに並んでいた先着の車を押しのけさせているうち、わたくしの車もその例にもれず、荒々しくのけられようとした時です。わたくしの供人たちが怒りを抑えかねてはじめて抵抗しました。

「この御車は、そんなにたやすく押しのけられるような御車ではないぞ」

「なんだと、生意気な。どなたさまの車か知らないが、こちらさまはな、左大臣さまの御車だ。お乗りのお方は光君さまの御台《みだい》さまよ。やい、それ以上のお偉いお方の御車かよ」

祭の祝い酒をもうしこたまいただき、すっかり酔いのまわった若い供人どもは、自分の声や口調にますます激して、互いに負けず劣らず威丈高になるばかりでした。そのうち、わたくしの車が誰のものか、相手方に気づかれたのでしょう。御主人の数多い寵《おも》い者《もの》のひとりの車とあなどって、わざと乱暴に狼藉《ろうぜき》をはじめ、

「へっ、そんな車に大きな口をきかせるな。光君さまの御威勢を笠に着ようたって、そうは問屋がおろすものか、うちの御主人さまがお月さまなら、そっちは星《ほし》屑《くず》じゃないか」

あたりにひびくようなどら声を張りあげての卑しい応酬は、もう耳をふさがずにはいられない浅ましさでした。

気がついた時はわたくしの車は葵上さまの女房たちの車の列の後ろに追いたてられ、榻《しじ》などもみな押し折られた上、轅《ながえ》も見苦しい車の筒《どう》にもたせかけてある情

けない有様。引きちぎられた御簾を掌で押さえて辛うじて身をかくしている惨めさ。

このような理不尽きわまる乱暴狼藉を止めようともせず、車の中で勝ちほこり、冷然とうち眺めていたであろう人のことを思うと、胸が煮えかえるように口惜しく、全身からどす黒い血が吹きだすのではないかと思うほどの瞋恚《しんい》の炎で、この身が焼きつくされそうでした。

ここまで卑しめおとしめられる身の上になったのも、先の東宮妃という高貴な身分をわきまえず、実《じつ》のないあだし男の口車に乗り、はかない恋のとりこになったばかりに……そう思うだけで情けなく、車の中から今すぐ消えてしまうことができたならと、ひたすら涙にむせぶばかり。逃げようもなく車の前後を憎い人の供車でふさがれているため、身じろぎもできない折柄、急にざわめきがさざなみだち、

「さあ、いよいよ行列が来たぞ」

とわきたつ声を聞けば、やはり恨めしいあなたの晴れ姿を、一目でも見たいと、切なく心がしめあげられてくるのは、なんという情けないわが心の動きでしょうか。

「あ、いらっしゃった」

「まあ、あの光君さまのお美しいこと。この世のものとも思えませんわ」

「おお、おお、この目がつぶれませんように。なむあみだぶ、なむあみだぶ」

口々の賛嘆の声に迎えられて、あなたは白馬の上にゆったりとゆられながら、鬼神にでも魅入られそうな妖しい美しさで、あらゆる人々の視線を一身に集めていらっしゃいました。

ちら、ちらと、あなたが流し目をくれるあたりに、お通いの方々がいらっしゃるのだろうと察しられ、胸が締木《しめぎ》にかけられるような嫉妬でしぼられてきます。

一目でそれと目につく葵上さまの御車の前では、きりりと急に威儀を正して、さも生真面目《きまじめ》に表情をつくり、威風堂々とお渡りになる。その陰になって片すみに押しやられた破れ車《や》の中に、わたくしが身をひそめていようなど夢にもお気づきにならず、視線もくれずに過ぎておしまいになったのです。

その夜からわたくしは発熱し、寝こんでしまいました。

その日のうちに都じゅうに車争いの噂はまきちらされ、なまじ同情の声などが伝わってくるのが、いっそう屈辱として、この身をさいなむのでした。はっきり申しましょう。わたくしより才も器量もすぐれているとも思えない葵上さまごときに、正妻というだけの立場から、これほどの侮辱を受けるかと思うと、そういう情けない立場にわたくしをひきずり落としてしまったあなたまでが怨《うら》めしく、かつて一度も味わったことのない殺意まで、めらめらと燃え上がってくるようでした。

そんな日が幾日幾夜もつづいた後でしょうか。

眠っているとも覚えない夢うつつの中で、わたくしはあの方の黒髪を両の掌《て》にぎちぎちと摑《つか》んでいました。宙に手足をおよがせ、青白くふくれ上がった腹を見苦しくむきだしたまま、悲鳴をあげる気力も失った人を、鬼のような力でなおもひきずり廻《まわ》し、わが腕も折れるかと思うほど打擲《ちょうちゃく》しているのでした。

意識がもどると、わたくしの全身は汗でしとどに濡《ぬ》れ、着ているものもしぼるほどです。

掌も腕もしびれるほど痛いのです。夢にしてはあまりにもなまなましく、まだ夢のつづきなのか、動悸がはげしく打ちつづけているのです。

ああ、そればかりか、自分の髪や着物に妖しい匂いがしみついていて……それを御修法《みずほう》に焚《た》くあの芥子の匂いと気づいた時の浅ましさ……恐ろしくて、あわてて着物も下着もかなぐり脱ぎ、髪を何度も何度もくりかえし洗っても、なかなかその匂いは消えず、毛穴の底までしみついているようでした。気味悪く、そんな自分が厭《いと》わしくて、なろうことならかき消してしまいたい。

世間でひそかに噂しているまがまがしい話が、蟬《せみ》の声のようにわたくしの耳の中に鳴りさわぎます。

「六条御息所の生きすだまにとり憑《つ》かれて、葵上さまが瀕死《ひんし》の御様子だそうな」

「験《げん》の高い僧侶や行者がお邸にあふれるほど集まり、祈禱されても、なかなか去らない魔性の物の怪だというじゃないか」

「嫉妬にくるった六条御息所の執念だもの、お可哀そうに葵上さまは取り殺されておしまいになるだろう」

洗っても洗っても消えない芥子の匂いが、そんな噂の何よりのあかしなら……わたくしの覚えのないままに、魂がこの身から抜けだし、あのお方の枕辺まで忍んでいったというのだろうか。死人がこの世に残した恨みのため、死霊となって人にとり憑く話さえ、聞くだにおぞましく思うのに、生きながら、生霊がこの身から抜けていくなど……なんという罪業の深い話だろうか。

それもこれも、薄情なあなたへの断ちきれぬ妄執のため。思えば思えば恨めしいのはあなたというお方。そのあなたに向けるべき怨念《おんねん》を、罪もない葵上さまに晴らすとは……。

浅ましい生霊の正体を、わたくしと見とどけなさったその時から、あなたが心の底からわたくしをお厭いになりはじめたのも道理です。

あれからのあなたは、もう蜘蛛の糸ほど残していたわたくしへのあわれみさえ涸《か》らしきっておしまいになった。いいえ、かばってくださらなくてもいいのです。あなたの、言葉の上つらだけのやさしさなど、もうたくさん。あなたのお心の冷たさは、心にもないやさしさを口先にのせ、恋に盲《めし》いた女心をしびれさせては幾度でもかぎりもなく裏切っていく……あなたに触れた女たちは、ひとりとしてあなたのやさしさを忘れはしない。

それでも……やさしさが時には人を殺すこともあるのです。

葵上さまが玉のような御子《みこ》をお産みになったという噂は、たちまちわたくしの耳に伝わりました。あれほど苦しまれたのに、お産の時はおどろくほど御安産だったとか。その前々日から寝ついて枕も上がらなくなっていたわたくしから、生きすだまの出ていく気力も失《う》せていたのかと、わたくしはほろ苦い涙をのんでひっそり泣いていました。

御安産と聞いて、心底ほっと安堵《あんど》いたしました。もし、赤子が死んで生まれでもしようものなら、わたくしも即座に死のうと思い決めていたのです。赤子をお守りください、そのかわりにならどうかわたくしの命を召してくださいと、祈りつづけた甲斐があったのでしょう。

左大臣邸が上を下への大騒ぎをして喜びにつつまれていらっしゃるとか、あなたが外歩きなど一切おやめになって、つきっきりで産後の葵上さまをいたわっていらっしゃるとか……何を聞いてもわたくしの心はもう波立ち騒ぐこともなく、おだやかな感謝の想いだけに満たされておりました。

あなたがお幸せなら……葵上さまが平安なら……わたくしの身に覚えなく心の鬼の犯した恐ろしい罪《とが》も、ゆるされるのではないかと念じつづけていたからです。

そんな矢先、葵上さまが突然、みまかったという報《しら》せは、御安産の時よりも激しい驚きでわたくしを打ちのめしました。

生きすだまになった時の手首に巻きついたあの方の黒髪がひしひしわたくしの肌身に喰《く》い入るような感じがします。黒髪は百千の蛇《くちなわ》になってわたくしの全身に巻きつき、わたくしは膏汗《あぶらあせ》を流しながら、夜ひと夜呻《うめ》きつづけました。

あなたの御子の代わりにわが命を召せと祈る時、どうして葵上さまのお命の代わりにもと、加えなかったのでしょう。

現《うつつ》にはただの一度もお逢いしていないのに、魂だけはお目にかかったあかしに、今もありありと、美しい苦痛にひき歪《ゆが》められた葵上さまのお顔が浮かぶのです。お可哀そうに……わたくしが代わって死んでさしあげたかったのに……。

あなたに捨てられ、あなたに嫌われたわたくしはもはや生ける屍《しかばね》です。いつでも死んでいいのです。とうから出家したいのにできないのは、ただひとり残される斎宮のことが気がかりだからなのです。けれども、死んでしまえば、すべての人があきらめてくれるでしょう。天涯孤独になった娘のために思わぬ後見者があらわれぬともかぎりますまい。でも、それももはや遅すぎます。葵上さまの中陰《ちゆういん》(四十九日)もあけてしまいました。

お気の毒なあなた。いいえ、恨めしいあなた。

葵上さま亡き後、早くも二条院《にじようのいん》におもどりになって、若草のような姫君とひそやかに祝言《しゆうげん》をあそばしたとか。

亡くなられた葵上さまが心底から羨ましい。生きて、恥を受けつづけて、苦しみ悩むことが、あの方を死なせたわたくしに科せられた劫罰《ごうばつ》なのでしょうか。それなら、あなたの行く手には、どのような恐ろしい罰が待ち受けているのでしょう。お手に触れたあらゆる女に、最高の歓喜と、底知れぬ苦悩の盃《さかずき》をのみほさせるあなたには。

解説

氷室冴子

一冊の本との出会い方はふしぎで、初めてその本を読んだときの第一印象が、その後もずっと尾をひいてしまうことがある。

高校生のとき、中村真一郎《なかむらしんいちろう》さんの『王朝文学論』で王朝文学への扉をあけていただき、与謝野晶子《よさのあきこ》訳で『源氏物語』を読んでアラスジを知り、たまたま田舎《いなか》の本屋で手にはいる『文藝春秋デラックス――源氏物語の京都』や『別冊太陽――源氏物語絵巻五十四帖《じょう》』といったビジュアル特集本で、付け焼き刃の知識を入れたりして『源氏物語』の世界になじんでゆきながら、光源氏《ひかるげんじ》という人物がどうにもわからなくて、ピンとこなかった。そのピンとこなさ加減には、覚えがあった。

『源氏物語』という大古典とくらべたりしては、各方面から顰蹙《ひんしゆく》をかうこと必定だろうけれど、当時の少女マンガに学園ラブコメといったジャンルがあった。

学園の王子さまみたいな、全女生徒のあこがれの的という、顔もよく成績もよくスポーツ万能の男の子がいて、主人公の女の子は木陰から、ドキドキしながら彼を見つめる。かくするうち、男の子は学園のマドンナみたいな女生徒に恋されているにもかかわらず、どうしてか、ドキドキしながら彼を見つめるだけの心やさしいヒロインに心ひかれたりして、ハッピーエンドになる――というストーリーの枠組みだったのだけれど、生意気ざかりだった私は、『源氏物語』の光源氏と、学園ラブコメの学園の王子さまが、どうにも同じに思えたのだった。

役割としての王子さまというのか、彼の人間的な魅力がどうのというより、〈最初から、みんなの憧れの王子さまとして存在するために登場する男の子〉〈その男の子を好きなヒロインの心のゆれうごき、嫉妬やあこがれ、戸惑いやせつなさを描くのが学園ラブコメの本テーマだとすると、そのテーマのために都合よく創り出された、およそパーフェクトな、いそうもない男の子〉というところが、似てるなあと思ったのだ。

そして私は、学園ラブコメでも、ヒーローには否定的で、

「こんな男の子がいるもんかよォ。それに、ウジウジ思ってるだけの女の子の、ドコがいいのよ。学園の王子さまに好かれて、メデタシメデタシなんて、まるで男に愛されることが、女のすべてみたいじゃないの。冗談じゃないわよ、プライドはどこにあるのよ。しっかりせんかい」

などと怒りながら、怒ることで、だれよりも熱心な学園ラブコメの読者だった。

そのころの私の理想の女性像は、好きな男がいながらも、男よりプライドや意地をとって、グッと耐える——というものだった。それは、好きな男の子がいながら、告白してもフラれるのが明らかにわかっていたので、そんな惨めさを味わうよりは、プライドゆえに恋心を押し殺して苦しみを甘受し、その苦しさに耐える自分の強さに、わずかに慰めをもとめるという、当時の私の現実のひとりずもうの恋愛が、影響していたのかもしれない。これはじつに、空蟬《うつせみ》であろう。

そんなわけで、当時の私が『源氏物語』の中で共感できる女君は、コンプレックスゆえに源氏を拒絶する空蟬であり、独占欲や嫉妬とたたかう六条御息所《ろくじょうのみやすどころ》であり、プライドと年上のひけめゆえに素直になれない葵上《あおいのうえ》だった。あまりのプライドゆえに表面上は男嫌いになってしまって、男嫌いが、光源氏をどこまでも批判的に眺めながら『源氏物語』を読むと、そういうことになるのだった。

その後、プライドをとおす強さより、素直さのなかに自分をなげだす女の強さがわかるようにもなり、それにつれて好きな女性像の幅もひろがり、『源氏物語』のなかで共感する女君も、さまざまに変化していった。それでも、『源氏物語』の光源氏を、学園ラブコメの〝学園の王子さま〟みたいなものだなあと思った第一印象だけは変わらなかったような気がする。

ずいぶん粗っぽい感想かもしれないけれど、私は『源氏物語』を、源氏というひとりの男性に関わりうる、あらんかぎりのタイプの女君が総出演する、女性たちの物語だなあという印象を持ち続けてきた。それはそれで、許される見方と思う。

そんな私にとって、瀬戸内さんの『女人源氏物語』はおおげさではなく、この本、こうした読み方を待っていたといいたい源氏なのだった。与謝野源氏、谷崎《たにざき》源氏、円地《えんち》源氏とこれまで数多くの現代語訳が出ており、それぞれに魅力と読みどころのある作品だけれど、この『女人源氏物語』は瀬戸内さんという書き手を待たなければ生まれてこなかった。そしておそらくは今後、類似のものが書かれることはないだろうという点で独自の輝きを放っている。

光源氏というスーパーヒーローをめぐる女君たち、関係者の女たちのひとり語りで『源氏物語』を再構築するという、虚をつくような力に満ちた作業とは裏腹に、物語に寄り添い、はっきりとは書かれないけれど窺《うかが》い知ることのできる女君の心情のあとを追う筆先はこまやかで、さまざまな身分、境遇の女君へのふかい共感にみちている。

たとえば『女人源氏』の最初をかざるにふさわしい桐壺更衣《きりつぼのこうい》のひとり語りで、桐壺更衣が最期ののぞみに、若君を東宮《とうぐう》にと洩《も》らす、そのひとことに、彼女が心もとない後宮《こうきゆう》暮らしに耐えつづけた意味、幸うすくも見えた人生の奥に秘めていた、一瞬の激しさがあらわれる。

それが決して深読みではないといえるのは、原文にはちゃんと、光君《ひかるのきみ》が宮中にはいってまもなく、第一皇子が皇太子に立ち、かの弘徽殿女御《こきでんのにようご》も気もちがおちついたという文章のあとに、光君の祖母君が落胆して死んでしまったと続くことで、それこれを読みあわせれば、桐壺更衣のあの激しさ、死を前にしてようやく洩らすひとことの重み、それが『源氏物語』のすべてを決定づけるものと納得できる、それだけの読みこみがあるのだ。

『女人源氏』をつらぬく女たちへの共感のふかさ、やわらかさは、ただ女は女同士、女の気持ちはよくわかるといった、なしくずしの没入の仕方とは対極にある『源氏物語』の読みこみと、源氏その人への批判的な目を思わせる。

光君に惑わされることなく、批判的に『源氏物語』を読みつづけてこなければ、とうてい描きだせない女君たちの息づかいが、いきいきと伝わってくる凄《すご》さ。ふしぎさ。

その圧倒的な迫力にのみこまれるように読みすすむ、物語を読むことの楽しさ。『源氏物語』はあまりにも大きな物語だから、どうとでも読める器の大きさがあり、女君のだれかれに共感しつつ読むというのは、そのひとつにすぎないかもしれないけれど、そう思うそばから、ふと『更級日記《さらしな》』などを思いうかべると、すくなくとも当時の女の子たちは、そんなふうに――いまある『女人源氏』を私たちが読むように、源氏を読んでいたのではないかとも思うのだ。

田舎に生《お》い育った菅原孝標女《すがわらのたかすえのむすめ》が、いちずに物語に恋して恋して、物語がたくさん読めるよう、なんとかして京にのぼらせてくださいと手作りの仏像にまで祈ったおかげかどうか、ようやく京にのぼることができた。

すると、京住まいのおばさんが『源氏物語』のほかにも、さまざまな物語がはいった櫃《ひつ》や袋をもってきてくれた。

田舎育ちの、夢見がちな娘は胸をおどらせながら、「昼は日ぐらし、夜は目のさめたるかぎり、火を近くともして、これを見るよりほかの事なければ」、夢のなかにとうとい僧が出てきて、法華経《ほけきよう》をはやく勉強しなさいとお説教をするしまつ。

それでも娘は法華経どころじゃない、物語のことばかり考えて、

「あたしはいまは不器量だわ。でも大人になったら、とても美人になって、髪だって素敵に長くなって。そうして夕顔《ゆうがお》や、浮舟《うきふね》みたいになれたらいいなあ……」

と夢みるのだけれど、その一瞬後には、分を知りすぎている並みの少女のかなしさ、

「こんなことを思う気もちって、ほんとに愚かしくって、呆《あき》れたことだわ……」

と反省がちに思ってしまう。このときの娘は、年表によれば十四歳。

『更級日記』のこの部分は、当時の受領《ずりょう》階級の娘たちがどれほど物語類、ことに大ベストセラーの『源氏物語』にあこがれたか——といった具体例として、参考書にも引かれる有名なところだけれど、この部分がとりわけ印象ぶかいのは、十四歳の女の子らしい、せつない夢想のかたちが、今の私たちにとっても、ひどくリアルだからだ。

「あたしはいまはブスだけど、でも大人になったら、すごく美しくなって、そうして髪も長くなってさ……」

なんて、なんの根拠もなくぽっかり夢見てしまうところ、今の女の子だって、よほどの美人に生まれついた娘でもないかぎり、一度は心の奥底で思うこと。

それにまた、自分をなぞらえるヒロインが、光君に愛されながらもはかなく死んでゆく夕顔や、ほとんど身代わりのように薫大将《かおるだいしょう》と匂宮《におうのみや》に愛されて悩んだあげく、自殺をはかってしまう、はかない浮舟であるところが、なんとも愛《いと》しい。物語をよんでロマンチックに浸っても、それでも彼女がつつましく夢みるのは、高貴な藤壺《ふじつぼ》や、身分たかい葵上ではなく、ましてや紫上《むらさきのうえ》や朧月夜《おぼろづきよ》でもない。

夢みるときくらい、いっそハデに、

「もし、あたしが藤壺だったら、帝《みかど》にも愛されて、源氏にも愛されてさ。やっほー」

ぐらいのことを考えて、うっとりしてもいいのに、鄙《ひな》でそだち、いまさら身分高い姫になれようはずもないのを承知している女の子が、精一杯の夢をとばした最高のヒロイン像が、どこか現実の自分の分を超えない、ただ男君の愛より他に頼るもののない、はかない女君であるところに、『更級日記』の作者や人柄や、むしろ生々しい彼女の息づかいが感じられる。

『源氏物語』がひろく流布して、読まれたとき、こうした無数の女の子たち＝読者がたしかにいたのだ。彼女たちは古典を古典としてでなく、そのときある、都で評判の物語をひもとき、そこに描かれる女君のなかで、自分が仮託できる、より身近な人をえらびとり、その女君によりそって『源氏物語』を読んでいたのだ。

古典を語るとき、〈千年を超えて変わらないもの〉という決まり文句がよく出てくるけれど、ほんとうに変わらないのは、こうした無数の、無名の（『更級日記』の作者は名が残ったけれども）女の子たちの物語を欲する気もちなのだと思う。

物語に身も心もうちこみ、現実の自分とひきくらべ、あるいは自分にひき寄せ、描かれた人物に自分を仮託して、夢とうつつを行き来する姫君たち。女たち。

夕顔や浮舟という登場人物は、彼女たちにひっそりと共感をよせる『更級日記』の作者のような、ひたむきな読者をえて初めて、いきいきと息づきはじめる。物語はそんなふうに読まれ、愛されることで生きつづけてきた生きもののようなもの、物語の真実は、文字で書かれたテキストとしての紙面にではなく、物語と、それを読む読者の魂の交感のなかにこそ、あるように思える。

瀬戸内さんの『女人源氏』にはそうした、ひたむきな読者の姿――「昼は日ぐらし、夜は目のさめたるかぎり、火を近くともして、これを見るよりほかの事なし」とばかりに『源氏物語』を読みつづけてきた人だけがもつ物語との交感がある。それが私たちに、いま孝標女のような、いちずに物語をもとめる姫君の心を甦《よみがえ》らせてくれるのだ。

（ひむろ・さえこ　作家）

※一九九二年刊、集英社文庫より再録

決定版解説

井上荒野

瀬戸内寂聴さんにはじめてお目にかかったのは、私が高校生のときだった。父が我が家の夕食にお招きしたのだ。

そのとき彼女はもう出家していて、尼姿だった。出家していたから、我が家にいらして、母や私たちに会うことができた、ということだったのかもしれない。寂聴さんはそれ以前の七年間、私の父と恋愛関係にあった。

当時の私はもちろん、そういう関係は知らなかった（母は知っていただろう——そのことは後述する）。出家の意味も、あまり考えなかったように思う。

それから我が家と寂聴さんは、折々のお付き合いになった。父の死後もそれは続いて、寂聴さんは小説を書きはじめた私を励ましてくださったり、病気になったときには心配して、高価なサプリメントを届けてくださったりした。私と夫との結婚披露パーティに出席して、「女流作家は、幸せにならないほうがいいものが書けるんです。でも、おめでとう」というスピーチをして会場のみんなをドギマギさせたりもした。

　そんな中で、私は、彼女と父との関係を少しずつ知っていった。あとから考えれば、ふたりのことは出版業界内では「公然のひみつ」であったのだけれど、だからこそ逆に私の耳には届きにくかったのだと思う。ふたりが男女の仲だったらしい、と気づいてからも、それはごく短期間のラブアフェアだったのだろうと私はずっと思っていて、七年間、という具体的な期間を認識したのは、本当に自分でも呆《あき》れることに、両親と寂聴さんとの関係を綴《つづ》った『あちらにいる鬼』を書く準備をはじめたときだった。


「寂聴さんとお父さんとお母さんの関係を書いてみませんか」

　編集者からそういう提案があったのは、母が亡くなった翌年、二〇一七年のことだった。

　いやです、と私は即答した。スキャンダル性で話題になるような小説は書きたくなかったし、両親はすでに亡くなっていても、寂聴さんはまだ現役の作家として活躍されているのだから、ハードルが高すぎた。ただ、拒絶しながらも、もし書くとしたら、どんなふうに書けるだろう、ということは、心の片隅で考えていたのかもしれない。

同じ頃に、寂聴さんが体調を崩されているという報が入ってきた。ご高齢だったし、もう会えなくなるかもしれないと思い、少し体調が戻られたということを聞いて、会いに行くことにした。江國香織《えくにかおり》さん、その頃、『源氏物語』の現代語訳にとりかかっていた角田光代《かくたみつよ》さん、それに私の夫、編集者数名を伴って、五月の寂庵《じゃくあん》をお訪ねした。

寂聴さんは歓待してくださった。お元気というよりいっそ私たちの誰よりもパワフルで、当初の予定を大きく変更して、昼間にシャンパンを飲みながら数時間、そのあとは近くの料亭で食事し、お茶屋さんにまで連れていってくださった。そうして、その間ほとんど、私の父のことばかり話していた。

光晴《みつはる》さんは、ここのお豆腐が好きだったのよ。光晴さんが、こんなことを言ったのよ。光晴さんは寂庵に来るといつも……。もちろん、私へのリップサービスはあっただろう。でも、私がしみじみ感じたのは、寂聴さんは、本当に父のことが好きだったんだなあ、ということだった。その当時、寂聴さんは小説中に父を彷彿《ほうふつ》とさせる男を登場させることはあっても、エッセイなどでは、父との間にあったのは「男と女という関係を超えた友情」というふうに語っていた。でも、実際のところは、寂聴さんは父を愛していて、愛されていたという記憶があって、それをなかったことにしたくないのではないか。私は、そう思った。それが、私が、小説『あちらにいる鬼』を書く決心をした、最初の動機だった（もうひとつの大きな動機は、父の多情を容認し、父の生前も死後も寂聴さんと友情めいたものを育んでいた母の謎である）。

「なんでも話すわよ、なんでも聞いてちょうだい」

小説を書くことを伝えると、寂聴さんは目を輝かせてそう言った。それで私は、その後何度か寂庵に通って、彼女と父との話を聞いたのだった。

本当に、質問するタイミングがないほど、寂聴さんは話してくださった。でも、どこか、記憶を手繰っているというよりは、物語っているという印象があった。思うに、寂聴さんの心中にはすでに、私の両親とご自身が登場する「小説」が存在していたのではないか。

だから私は、『あちらにいる鬼』を自分自身の小説にするために、寂聴さんが語らなかった部分をこそ想像する、という方法で書いたわけなのだけれど——それとはべつに、寂聴さんへのインタビューは、わくわくするものだった。私は、彼女の「不倫の恋」の相手の娘としてではなく、お話を聞く子供のように、彼女の話を聞いていたと思う（私がそうなったのは、母の寂聴さんに対する態度の影響も大きかったと思うけれど）。

名言がいっぱいあった。「父のどういうところを好きになったんですか」と聞くと、「恋に落ちるのに理由なんてないのよ。雷に打たれるようなものよ」と寂聴さんは言った。これは小説に使おう、と思い、実際使ったのだが、後から寂聴《おは》さんの講話集など読むと、同じ言葉をいろんなところで言っていて、彼女の十八番《こ》の科白《せりふ》であることがわかった。でも、父との恋愛を経て十八番になったのかもしれない、と思った。

インタビュー中には、父だけでなく、いろんな人との交流があらわれた。寂聴さんは、歯に衣着せず、笑顔で、「あれは、だめな男だったね」「ほんっとに性根の悪い女！」などと切り捨てたりしたが、そのあとで「でも、もう、みーんな死んじゃったわ」と呟《つぶや》いたのが映画のワンシーンみたいだった。恋多き女である寂聴さんに「歴代の恋人の中で、誰が最高でしたか」と聞いてみたら、「みーんな、つまんない男だったわ」と言ってケラケラ笑ったのも、格好いいことだった。本書に言寄《ことよ》せてみれば、『源氏物語』の中でときどき登場する、作者紫式部《むらさきしきぶ》の述懐みたいでもあった。結局のところ、寂聴さんは、天性のストーリーテラー、現代の紫式部なのだ。

本書『女人源氏物語』を寂聴さんが刊行したのは一九八八年から八九年にかけてで、『源氏物語』の全現代語訳に先駆けての刊行だった。

『源氏物語』を、光源氏《ひかるげんじ》とかかわった女たちの視点で翻案するというこの試みは、本番の前の「手慣らし」のようなものだったのだろうか。いずれにしても、まずそれを思いついたというところがいかにも寂聴さんらしい。

第一巻は、光源氏の母親である桐壺更衣《きりつぼのこうい》の語りからはじまり、空蟬《うつせみ》、夕顔《ゆうがお》、六条御息所《ろくじょうのみやすどころ》、若紫《わかむらさき》といった恋人たち、正妻の葵上《あおいのうえ》、光源氏の生涯の憧れの人であった（そして源氏との不義の子を産む）藤壺《ふじつぼ》の章で構成されている。特筆すべきは、光源氏の相手となった女君たちだけの語りではなく、女君付きの女房に語らせている章があることだ。女が男について語ることはもちろん面白いが、女が女を語るときの視線や、語り口の残酷なまでの的確さ、なまめかしさは格別のものである。この手法は、寂聴さんの面目躍如といえるだろう。

読みどころは満載である。以前の文庫版の解説で、氷室冴子《ひむろさえこ》さんが、桐壺更衣の語りの最後に「幸うすくも見えた人生の奥に秘めていた、一瞬の激しさ」があらわされていることについて書いているが、そのような、寂聴さんならではの解釈が随所にある。たとえば、嫉妬によって葵上を取り殺す六条御息所の「だから、むしろ葵上さまのかたくなに閉ざした心の殻の中に押しこめられた熱いやわらかな心情の切なさがわがことのようにわかるのです」という、葵上へのシンパシー。あるいは、気位の高い、つめたい妻と描写される葵上が、源氏が寝入るとその顔をじっと見つめ、彼が寝言に呟く女君の名を聞いていたという場面。そして「わたくしがあなたの背後にいつも感じ、怯《おび》えつづけ、敗北感に悩まされていたのは、ただひとり、あのお方だけだったのです」という述懐。「あのお方」というのが、六条御息所ではないところが白眉であり、『源氏物語』に通底する、光源氏のある種の虚無、女君たちの哀《かな》しさに繋《つな》がっていくように思う。

ところで、この解説を書くにあたって調べていたら、『源氏物語』の現代語訳を刊行したときの寂聴さんのインタビューを見つけた。その中に、こんな言葉がある。

……出家した瞬間に「女の心の丈」がさっと高くなるんです。『源氏物語』を丁寧に読みますと、紫式部はそれがちゃんとわかるように書いてあるんです。しかし、それはどなたも気がつかなかった。私は自分が出家したからわかりました。私も、出家しないでと、よよととりすがられた覚えがあるようなないような、もうあいまいになりましたけれども、思い切って出家しました。その瞬間にそういう迷いがほんとに吹っ切れるんですよ。解放されるんですね。我慢しているんじゃないんですよ。自由に、もうほんとに広々と心が広くなって、心の丈が高くなって、「何であんな男にほれたのかな」って、そういう気持ちになるんですよ。

（二〇〇四年十一月十日発行「有鄰」より）

寂聴さんは、私が『あちらにいる鬼』を書いたあと、出家の理由を「井上光晴との関係を断ち切るためだった」とエッセイなどで明言されるようになった。捨てるのではなく自由になること。逃げるのではなく別の場所へ行くこと。寂聴さんにとっては、出家とはそのようなものであったのかもしれない。そして、その実感があればこそ、『女人源氏物語』の女君たちのありようは、くっきりした輪郭と近しさをもって私たちの前にあらわれるのかもしれない。

（いのうえ・あれの　作家）

本書は、一九九二年九月、集英社文庫より刊行された
『女人源氏物語　第一巻』を『決定版　女人源氏物語
一』と改題し、再編集しました。

単行本　一九八八年十一月　小学館刊

本文デザイン／アルビレオ

集英社文庫　目録（日本文学）

関川夏央　女流 林芙美子と有吉佐和子
関川夏央　おじさんはなぜ時代小説が好きか
関口尚　プリズムの夏
関口尚　君に舞い降りる白
関口尚　空をつかむまで
関口尚　ナツイロ
関口尚　はとの神様
関口尚　明星に歌え
関口尚　虹の音色が聞こえたら
瀬戸内寂聴　私小説
瀬戸内寂聴　女人源氏物語 全5巻
瀬戸内寂聴　あきらめない人生
瀬戸内寂聴　愛のまわりに
瀬戸内寂聴　寂聴 生きる知恵 法句経を読む
瀬戸内寂聴　一筋の道
瀬戸内寂聴　寂庵浄福

瀬戸内寂聴　寂聴巡礼
瀬戸内寂聴　晴美と寂聴のすべて1（一九二二～一九七五年）
瀬戸内寂聴　晴美と寂聴のすべて2（一九七六～一九九八年）
瀬戸内寂聴　わたしの源氏物語
瀬戸内寂聴　寂聴源氏塾
瀬戸内寂聴　寂聴仏教塾
瀬戸内寂聴　まだもっと、もっと 晴美と寂聴のすべて・続
瀬戸内寂聴　わたしの蜻蛉日記
瀬戸内寂聴　寂聴辻説法
瀬戸内寂聴　ひとりでも生きられる
瀬戸内寂聴　求愛
瀬戸内寂聴 美輪明宏　ぴんぽんぱん ふたり話
瀬戸内寂聴　決定版 女人源氏物語 一
曽野綾子　アラブのこころ
曽野綾子　人びとの中の私
曽野綾子　辛うじて「私」である日々

曽野綾子　狂王ヘロデ
曽野綾子　観月観世 或る世紀末の物語
平安寿子　恋愛嫌い
平安寿子　風に顔をあげて
平安寿子　幸せ嫌い
高倉健　あなたに褒《ほ》められたくて
高倉健　南極のペンギン
高嶋哲夫　トルーマン・レター
高嶋哲夫　M8 エムエイト
高嶋哲夫　TSUNAMI 津波
高嶋哲夫　原発クライシス
高嶋哲夫　東京大洪水
高嶋哲夫　震災キャラバン
高嶋哲夫　いじめへの反旗
高嶋哲夫　交錯捜査 沖縄コンフィデンシャル
高嶋哲夫　ブルードラゴン 沖縄コンフィデンシャル

集英社文庫

決定版《けっていばん》　女人源氏物語《にょにんげんじものがたり》　一

2023年10月25日　第1刷　　定価はカバーに表示してあります。

著　者　瀬戸内寂聴《せとうちじゃくちょう》

発行者　樋口尚也

発行所　株式会社　集英社
東京都千代田区一ツ橋2-5-10　〒101-8050
電話　【編集部】03-3230-6095
【読者係】03-3230-6080
【販売部】03-3230-6393（書店専用）

印　刷　図書印刷株式会社

製　本　図書印刷株式会社

フォーマットデザイン　アリヤマデザインストア　　マークデザイン　居山浩二

ISBN978-4-08-744575-6 C0193